Deseo™

WITHDRAWN

Bella y valiente

NALINI SINGH

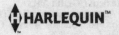

Editado por HARLEQUIN IBÉRICA, S.A.
Núñez de Balboa, 56
28001 Madrid

© 2005 Nalini Singh. Todos los derechos reservados.
BELLA Y VALIENTE, N.º 1939 - 25.9.13
Título original: Craving Beauty
Publicada originalmente por Silhouette® Books.
Este título fue publicado originalmente en español en 2005.

I.S.B.N.: 978-84-687-3188-9
Depósito legal: M-19522-2013
Editor responsable: Luis Pugni
Fotomecánica: M.T. Color & Diseño, S.L. Las Rozas (Madrid)
Impresión en Black print CPI (Barcelona)
Imagen de cubierta: KONRADACK/DREAMSTIME.COM
Fecha impresion para Argentina: 24.3.14
Distribuidor exclusivo para España: LOGISTA
Distribuidor para México: CODIPLYRSA
Distribuidores para Argentina: interior, BERTRAN, S.A.C. Vélez
Sársfield, 1950. Cap. Fed./ Buenos Aires y Gran Buenos Aires,
VACCARO SÁNCHEZ y Cía, S.A.

nada. Romaz tampoco parecía un hombre cruel y aun así, le había roto el corazón y se había reído de ella. Hira había creído estar enamorada de él, tanto que había huido de su casa para fugarse con él, dispuesta a casarse aunque no contara con el consentimiento de su padre.

Había sido la única vez en su vida que había pensado hacer algo indecoroso para su familia. Aquel fatídico día, su felicidad le había parecido tan brillante como un arco iris, hermoso y puro.

Pero en cuanto Romaz la vio en la puerta de su humilde apartamento, la realidad mostró su cara más dura. Romaz no la quería a ella sino a su fortuna, pues el bello Romaz no quería trabajar en la vida, sino prosperar en ella gracias al dinero de su mujer.

Ahora, casi seis meses después de que Romaz la despreciara porque su cuerpo no era suficiente para él, era irónico que se hubiera casado con un hombre al que no le importaba para nada su dinero, sino solo su cuerpo.

—¿Hija?

—Sí —contestó ella dando un respingo al oír la voz de su madre.

—Ven, es hora de que vayas a esperar a tu marido —dijo Amira con una sonrisa.

Hora de dejar que un extraño la tocara, pensó Hira furiosa. Fascinada por él en un primer momento, el hecho de que la considerara un objeto con el que negociar había convertido el deseo en furia. ¿Cómo se atrevía a reducirla a un mero adorno en el trato que había hecho con su padre?

Puede que Marc Bordeaux la hubiera desposado, pero no la poseería. Así no. Sin alegría y ternura no. No lo haría hasta que llegara a conocer el corazón del hombre que era.

Marc se apoyó en el marco de la puerta abierta, el cuerpo tenso por la expectación.

–¿Por qué pones esa cara? Es tu noche de bodas, no una ejecución –dijo tratando de imprimir un tono animoso, pero le resultaba difícil teniendo la tentación personificada ante sus ojos.

Hira estaba en el centro de la cama con dosel al estilo árabe puramente decadente. De los postes colgaban cortinas de rico terciopelo en tonos dorados mientras que la cama estaba vestida con sábanas de blanco satén que invitaban al pecado y la seducción. El lujoso tejido de las cortinas susurraba suavemente con la cálida brisa del desierto que se colaba por las puertas abiertas del balcón, dándole la bienvenida.

Era como si Zulheil entero lo apremiara a satisfacer el ansia de poseer a su esposa. Para completar la invitación, sus delicados pies reposaban sobre pétalos de rosa de color rosa pálido, el mismo tono del camisón que llevaba puesto.

Debería parecerle un sueño. Pero en lugar de eso, no había sino una mirada fría en sus ojos. La mujer que lo había cautivado solo con una sonrisa se encontraba ahora bajo una campana de fría sofisticación.

–¿Qué te prometió mi padre en el trato? –preguntó entonces alzando una ceja de forma muy aristocrática–. Dímelo y te lo daré.

La voz culta mezclada con su exótico acento lo atravesó incitándolo aún más. Al fondo sonaba su voz, una dentellada de calor rápidamente sofocada por el hielo.

Apretó los puños que tenía dentro de los bolsillos de

sus pantalones de esmoquin; una sensación de terror invadió la alegría con la que había empezado la noche.

–Tú accediste a este matrimonio, princesa –azuzado por la frialdad de Hira, lo que podría haber sido un término cariñoso sonó más como un insulto–. Nunca deseé tener una esposa que no se sintiera feliz de ser mía.

Había estado deseando que esa noche llegara desde la primera vez que la vio asomada al balcón de su casa familiar en Abraz, la ciudad principal de Zulheil. Contemplaba las estrellas con una sonrisa soñadora y optimista al tiempo que iluminaba su hermoso rostro.

–Tu padre se negó a que te cortejara antes –añadió–. Ya debes saber lo anticuado que está. Tenía que ser con un matrimonio o nada y tenías elección –dijo Marc recordando su asombro ante la respuesta de Kerim Dazirah de que su hija no saldría con ningún hombre a menos que hubiera un matrimonio de por medio, lo que lo obligó a elegir en el momento.

Sin comprender sus propios sentimientos, se vio empujado a aceptar un matrimonio sin cortejo previo, arriesgándose tan solo por la sonrisa que habían cruzado y que había sido para él un instante de pura felicidad. Ninguna mujer lo había hecho reaccionar con semejante ímpetu en su vida. Solo Hira.

–Sí –contestó ella con suavidad, sus extraños ojos color miel fijos en un punto por encima del hombro de él–. Tuve que elegir. Igual que cualquier otra mujer que no tiene manera de luchar por su libertad, ni oportunidad de escapar –su tono estaba desprovisto de emoción–. Tú eras mejor que la otra alternativa –añadió con profundo disgusto.

–¿Quién era? –preguntó él a quien no le gustaba la idea de verla con otro hombre aunque no hiciera más de una semana desde que se conocían. Desde aquel momento, la había considerado suya y solo suya.

–Lo has conocido. Marir –dijo ella frunciendo sus labios jugosos.

–Pero si es una reliquia –dijo Marc recordando el encuentro con el empalagoso hombre de negocios que era una réplica del padre de Hira. Desde el primer momento le había resultado desagradable porque no dejaba de mirar a Hira mientras hacía los honores como anfitriona del banquete en nombre de su padre Kerim. Marc había visto cómo el viejo verde apenas lograba contener el deseo de relamerse.

Poseído por una rabia posesiva para la que aún no tenía derecho alguno, había tenido que esforzarse mucho para no dar un puñetazo a Marir.

–¿Qué le hizo pensar a tu padre que ese hombre podía ser un buen partido para ti? –preguntó a continuación. A pesar de no tener un rostro bello, Marc sabía que él sí era valioso para la familia Dazirah por las riquezas que poseía.

–Tiene sangre real. Le viene de lejos, pero está presente igualmente –dijo ella curvando los labios en una sonrisa amarga–. Mi padre siempre quiso unir lazos con la familia real.

Sus palabras asestaron un nuevo golpe a Marc. En sus venas no había más sangre real que en la más baja de las ratas.

–¿Entonces por qué aceptó mi proposición?

–A los ojos de mi padre, tú perteneces a la «realeza» estadounidense. Además de ser un hombre de considerable fortuna, tienes negocios con el jeque y eres bienvenido en su casa. Para él estás lo suficientemente cerca de la realeza.

Marc apretó los puños con más fuerza aún, frustrado y rabioso. Pero también herido. ¿Por qué le dolía tanto que aquella hermosa mujer lo rechazara? ¿Por qué tenía la sensación de que algo indefiniblemente precioso se le estaba escapando de las manos?

–¿Entonces eso fue lo único que te empujó a elegirme a mí? ¿Que no era viejo y gordo? –dijo él omitiendo a propósito lo que ambos sabían. Puede que no fuera viejo y gordo, pero estaba desfigurado.

Las cicatrices surcaban el lado izquierdo de su rostro trazando líneas blancas. Pero su cuerpo ocultaba marcas más profundas. Hacía tiempo que se había acostumbrado a ellas, su confianza en sí mismo se fundaba en aspectos más importantes, pero su hermosa princesa de hielo ya se habría dado cuenta. Cuando vio que ella aceptaba su proposición, había pensado que las cicatrices no le importaban. Ahora se daba cuenta de que se había estado engañando. Los ojos de esta Bella no daban la bienvenida a esta particular Bestia.

Hira asintió con aristocrático gesto y la luz centelleante del pequeño candelabro ensalzó el brillo de los diamantes que colgaban de sus orejas.

–No te conozco. Eres un extraño. ¡Puede que mi padre se negara a que me cortejaras, pero tú no intentaste hablar conmigo ni una sola vez!

Lo cierto era que Marc había pedido varias veces que se le concediera hablar con ella antes de la boda, pero había acabado por aceptar la palabra de su padre diciendo que tal cosa no era costumbre en Zulheil. No estaba familiarizado con el ritual matrimonial de aquel país y no quería ofender a Kerim y perder así la mano de Hira. No era una excusa, pensó con dureza. Tenía que haber insistido con más fuerza.

–¿Cambiarán tus sentimientos cuando nos conozcamos? –preguntó él. A pesar de todo, continuaba deseando la calidez que poco antes le había regalado, pero no tenía intención de tomar algo que no le dieran libremente, ni siquiera aunque el deseo lo estuviera atravesando con violencia y su cuerpo estuviera tan excitado que casi le producía dolor físico.

De pronto, una sombra oscureció el brillo dorado de sus ojos.

–Una vez amé a un hombre –dijo ella bajando las largas pestañas–, y no creo que pueda amar de nuevo.

Sus palabras se convirtieron en una flecha que apuntaba directamente a su corazón, a sueños que apenas había reconocido pero que en ese momento sabía eran vitales para su existencia.

–¿Por qué te casaste conmigo entonces? ¿Por qué hacer de los dos unas personas infelices?

Ella levantó la cabeza y él vio la ira en aquellos ojos en cambio permanente.

–Mi padre me dijo que no firmarías el trato si no me casaba contigo. Ese trato es muy importante para mi familia.

–Pero el acuerdo principal ya se había firmado antes de que pidiera permiso para cortejarte –dijo él furioso–. Solo quedaban pequeños detalles auxiliares por cerrar –se preguntaba si su bella rosa del desierto le creería. Era su palabra contra la de su padre.

Para su sorpresa, le pareció ver el brillo de las lágrimas en sus ojos.

–Pensé que se preocupaba un poco por mí… pero para él todo el valor que poseo es mi aspecto –dijo Hira. Aunque controló perfectamente el dolor, a él le dolió oír sus palabras–. Ahora sé que no siente nada por mí, si es capaz de manipularme con esa sangre fría para obligarme a casarme con un hombre con el que quiere hacer negocios.

Marc no podía soportar ver a aquella mujer orgullosa tan humillada. No era así como su bella esposa tenía que hablar, como si se sintiera perdida y sola. Acercándose a la cama, se sentó a su lado. Cuando extendió la mano para acariciarle la mejilla, Hira se quedó petrificada.

–No tengo intención de hacer nada en contra de tu deseo, así que no me mires como si fueras un animalillo desvalido.

–No me hables así –dijo ella levantando la cabeza.

Aquella sí era la mujer de la que se había enamorado, una mujer de fuego y no de hielo. El deseo se despertó en él de nuevo, con renovadas energías. Sin pensar, sus dedos descendieron hasta rozar la delicada piel de su cuello. Ella se estremeció al contacto avivando con ello las esperanzas de Marc. Empujado por sueños que jamás imaginó poder experimentar, se inclinó hacia ella para probar el dulzor de su boca.

La cruda realidad, sin embargo, cayó sobre él cuando Hira giró la cabeza con un rápido movimiento.

Marc dejó caer la mano y se levantó de la cama. Mientras se dirigía hacia la puerta, trató de convencerse de que no importaba que lo hubiera rechazado.

–¿Me deseas acaso, Hira? –preguntó él consciente de que no había sutileza en sus palabras pero que necesitaba saber la verdad. Y a juzgar por la lujuria en los ojos de Hira y su confesión de haber tenido relación con otro hombre, supo que tenía que ser una mujer experimentada.

Le repugnaba la idea de aquel cuerpo esbelto y bronceado entrelazado con el de otro hombre a pesar

11

de no haber sido nunca un hombre que juzgara a una mujer por su vida sexual. No era tan hipócrita. Excepto, al parecer, con aquella mujer. Estaba siendo una noche de muchas y desagradables sorpresas.

Con los ojos muy abiertos, su esposa levantó la vista de la colcha que cubría la cama, mientras aplastaba entre los dedos un pétalo de rosa. El dulce aroma de las flores flotaba en el aire.

—Lo único que conoces de mí es mi cara y mi cuerpo, no hay nada más que nos una. No creo en el hecho de dormir con un hombre a menos que se compartan sentimientos —dijo ella con voz temblorosa de principio a fin.

Y había dicho que no volvería a amar. El dolor que atenazaba su pecho empezaba a ser insoportable.

—¿Esperas que no te toque nunca? —preguntó él. Quería asegurarse de lo que quería decir Hira con sus palabras, asegurarse de que él se había rendido de forma inexplicable al tremendo deseo de poseer a una mujer que había visto una sola vez a la luz de la luna.

—Mi padre siempre tenía otra mujer. ¿No pueden hacer lo mismo los estadounidenses? —dijo ella sin dejar de estrujar pétalos entre los dedos.

—¿Es costumbre común en Zulheil tener amantes? —preguntó él deteniéndose de golpe. Había creído que era una tierra de honor e integridad, en la que un hombre podía encontrar una mujer leal y hermosa, una mujer que pudiera ver la belleza en un cielo estrellado pero también en el rostro lleno de cicatrices de un hombre.

—No —dijo ella, pero solo le sirvió de alivio momentáneo—. Se considera deshonesto y la mayoría de nuestras mujeres no lo permitiría. Si no pueden luchar ellas solas por su derecho a ser honradas como esposas, su clan luchará por ellas, aunque eso signifique la disolución del matrimonio –dijo ella mirándolo a los ojos, un fiero alegato en defensa de su país. Después sonrió aunque no era más que una parodia de la belleza–. Pero en mi familia sí había amantes. El clan de mi madre no la ayuda porque ella nunca les ha pedido ayuda. Mi padre la tiene sometida. Solo se acostó con ella lo suficiente para que le diera herederos: mis dos hermanos. Tú puedes hacer lo mismo –dijo con la frialdad más absoluta.

Aquello fue un golpe para su masculinidad.

–Es evidente que tú no quieres tener un hijo –dijo él paseando la vista por su espléndido cuerpo.

Había sido un completo estúpido. Incluso después de las heridas sufridas a manos de Lydia, se había casado con una hermosa mujer pensando que algo más precioso, algo que el niño perdido de los pantanos había estado buscando toda la vida, se ocultaba bajo la superficie. Pero en vez de ello, había recibido justo lo que merecía.

–No te preocupes. No necesitaré herederos de momento.

Y girándose, abrió la puerta con una fuerza del todo innecesaria. Le disgustaba tanto la locura que había cometido que no confiaba en que pudiera estar en la misma habitación que ella. Aunque bien pudiera ser también que no era la ira lo que temía sino el peligroso jirón de esperanza que seguía albergando en su corazón que lo empujaba a perseverar en su lucha por el amor de su esposa. Y era esa esperanza la que no le permitiría acabar con su matrimonio, no hasta que descubriera cómo era en realidad la mujer con la que se había casado. ¿Fría y sofisticada o cálida e inocente como la que una vez lo miró con ojos tímidos pero acogedores?

Hira se quedó mirándolo con un nudo en el estómago que amenazaba con destruir la máscara de frialdad que se empeñaba en mostrar. Cuando el eco de sus pasos se extinguió, saltó de la cama y echó el cerrojo de la puerta con dedos temblorosos. Solo entonces se derrumbó sobre el suelo y se mordió los nudillos para que nadie escuchara los sollozos. Las lágrimas surcaban su rostro pero no se molestó en secárselas. Nadie podía verla.

«Es evidente que tú no quieres tener un hijo».

El eco de las amargas palabras de Marc, de su esposo, resonaba en su cabeza una y otra vez. Igual que cualquier otro hombre antes que él, solo estaba interesado en su cuerpo y además Marc la culpaba por ello. Lo que era aún peor, la culpaba por algo que no era cierto.

Una vez había soñado con tener todos los hijos que su cuerpo pudiera dar, con un hombre al que amara, y que su amor fuera correspondido. Aquellos pensamientos eran los de una joven llena de esperanzas y alegría, una joven oculta hacía tiempo bajo la losa del dolor de un corazón tan hecho pedazos que dudaba pudiera sanar alguna vez.

Su experiencia con Romaz la había convertido en presa fácil para las maquinaciones de su padre. Kerim había utilizado el sentido del honor familiar para casarla con alguien por medio de engaños. A juzgar por lo que su marido había dicho, estaba claro que había sido Kerim quien la había empujado al matrimonio, no Marc. Para su padre era importante hacer negocios con Marc. Hira sabía que ese hombre jamás habría sucumbido a tales manipulaciones.

Las mentiras de Kerim no habían logrado otro propósito que el de casarla con un hombre que no la quería ahora que la tenía. Hira ni siquiera tendría el alivio de pensar que se había prendado de ella con solo una mirada.

Pero entonces, ¿por qué se había plegado Marc a los deseos de su padre? Solo se le ocurría una razón: quería poseerla. No le importaba el tipo de mujer que era, si tenía un buen corazón y también un cerebro. Había visto el envoltorio y le había gustado lo suficiente como para aceptar los requerimientos de Kerim.

Su padre la había vendido para cerrar una alianza y Marc la había comprado porque le gustaba su aspecto. Entre los dos la habían reducido a la categoría de mero objeto. No le sorprendía viniendo de su padre. No, era con Marc con quien estaba furiosa. Marc había traicionado el despertar de un sentimiento en ella al casarse sin cortejarla ni tratar de enamorarla. Por todo lo que ella sabía, ni siquiera había intentado saltarse las órdenes de Kerim.

La noche que se conocieron, algo más que deseo se despertó entre ellos, pero con sus actos, Marc había destruido todo sentimiento amoroso que pudiera haber en ella.

Capítulo Dos

Hira se despertó más tarde de lo habitual tras un sueño plagado de pesadillas. Se vistió rápidamente después de ducharse y se preparó para enfrentarse al mal humor de su marido, porque no estaría muy contento después de haber sido rechazado en la noche de bodas.

Copular con un hombre con el que apenas había hablado habría ido en contra de todos sus principios sobre lo que significaba para ella el acto más íntimo entre un hombre y una mujer.

«Incluso en el caso de que el hombre que había rechazado la hiciera sentir un deseo ciego e imparable que la hacía dudar de lo que dictaba su corazón».

Un escalofrío le recorrió la espalda con solo pensarlo. Parpadeando furiosamente alejó el pensamiento de su cabeza aunque sabía que el calor del deseo no desaparecería rápidamente. No cuando era su propio marido quien causaba en ella tal confusión.

Apretó la mandíbula y se obligó a salir de su habitación dispuesta a una pelea, pero lo que encontró en el piso inferior fue todavía más perturbador que un marido enfadado. Una fila de maletas se alineaban junto a la entrada de la casa, algunas de ellas eran suyas.

Sorprendida, entró en la sala de estar y vio a Marc inclinado sobre una mesa firmando un documento.

–¿Nos vamos a algún sitio?

El cabello oscuro de Marc relucía a la luz del sol

que se colaba por las ventanas cuando se irguió y se dio la vuelta para mirarla.

–Sí. Dentro de una hora –contestó él volviendo la atención a los papeles de nuevo y estampando con firmeza su firma en otro documento.

Desconcertada por su actitud despreciativa, apenas encontró las palabras para preguntar.

–¿Adónde?

–A mi casa. A Louisiana. Cerca de Lafayette –dijo él con frialdad.

–En ese estado hay mucho agua, pero también tiene praderas y limita con el golfo de México. Lafayette está cerca de Baton Rouge. También es conocido como el País Cajún, ¿no es así?

–¿Te dedicas a estudiarte las enciclopedias en tu tiempo libre? –preguntó él mirándola.

–Son una gran fuente de información –dijo ella con desprecio hacia el tono sarcástico de Marc.

Su padre no creía en la necesidad de dar educación superior a las mujeres, pero ella se las había arreglado para aprender de forma autodidacta con libros y utilizando Internet de forma clandestina desde el estudio.

Cuando solo era una adolescente, se había rebelado contra la injusticia de que se le negara la oportunidad de estudiar y solo se lo permitieran a sus dos hermanos que además no mostraban ningún interés en ello, pero pronto se dio cuenta de lo inútil de sus súplicas.

–¿Y cuál es tu asignatura favorita? –preguntó Marc sin sarcasmo, algo que la sorprendió bastante.

–¿No te burlas de mí? –preguntó Hira, que no acertaba a comprender la curiosidad de Marc. Su marido no estaba reaccionando como ella había esperado. En vez de estar enfadado tras el desastre de la noche de bodas, parecía querer facilitar la conversación entre ellos.

–No –dijo él mirándola con ojos penetrantes.

–Bien. Entonces te diré que me interesa la economía, las teorías sobre dirección de empresas y cosas así –dijo ella mirándolo desafiante consciente de que no era una asignatura muy femenina.

–Te creo, princesa –dijo él, que parecía estar esforzándose por no reírse.

Eso bastó para despertar de nuevo la ira en ella.

–¿Cómo te atreves a tratarme con esa condescendencia? ¡Solo ves lo que crees ver, pero no reconoces lo que hay bajo la superficie porque eres un hombre que compra las cosas solo por su apariencia externa! –dijo ella girando sobre los talones entre el revuelo de su falda larga de tonos oscuros–. Estaré lista dentro de una hora.

La arrogancia de Marc la había soliviantado, pero bajo la rabia, los restos de sus sueños rotos provocaron en ella un terrible dolor. A pesar de todo, se había atrevido a soñar que su marido americano sería un hombre que le permitiría extender sus alas y volar. Pero en ese momento, acababa de perder toda esperanza. Era igual que su padre. Solo quería enjaularla.

Marc frunció el ceño al verla salir de la habitación como un rayo, el porte regio de una princesa. Hacía mucho tiempo había aprendido que las apariencias no contaban, pero se preguntó si no habría cometido el pecado cardinal de juzgar a su mujer por su hermoso rostro más que por lo que se ocultaba bajo él.

En un segundo, sin embargo, descartó la idea. Si tan inteligente era, ¿qué demonios hacía viviendo en la casa de su padre, de su caridad? Zulheil no tenía una cultura restrictiva. Sí era cierto que las mujeres gozaban del amor y la protección, pero también de las mismas oportunidades que los hombres.

Si no podía ser de otra manera, Hira podría haber ahorrado el dinero que necesitaba para estudiar trabajando como modelo. En cualquier agencia le habrían suplicado que firmara un contrato. Una de sus mejores amigas había conseguido salir de la pobreza utilizando su belleza y la respetaba por ello.

Sonriendo por haber estado a punto de caer ante los trucos de su mimada esposa, siguió firmando papeles. Tendría que regresar a Zulheil en un mes para retomar otras negociaciones, pero en ese momento lo que necesitaba era volver a Louisiana.

Hira no dijo una palabra hasta que estuvieron sentados en el avión en sus cómodas butacas de primera clase. Al no haber volado nunca, se encontraba algo perdida y deseaba que Marc le hablara en vez de parecer tan concentrado en sus papeles.

Las azafatas la miraban con ojos fríos, y no la consideraban nada más que una cara bonita, el nuevo juguete de un hombre rico. La actitud despreciativa de Marc hacia ella no hacía sino potenciar este pensamiento. La manera en que siempre se la etiquetaba sin darle la oportunidad de demostrar que era algo más, era una herida abierta en su alma, una herida que crecía cada vez que intentaba protegerse mostrando una actitud fría en vez de la frustración que verdaderamente sentía.

En las ocasiones en que se había derrumbado, ha-

19

bía elegido la noche para hacerlo, y en silencio. No podía decírselo a nadie. Si lo hiciera, se reirían de ella y la llamarían «pobre niña rica», como si su aspecto unido a la riqueza de su padre no pudieran granjearle nunca las simpatías de nadie.

Ella, que toda la vida había envidiado a las chicas menos hermosas pero que tenían maridos que las adoraban por su forma de reír o por su ingenio; chicas que nunca tendrían que preocuparse de que algún día serían olvidadas cuando su piel se arrugara y su cuerpo cambiara. Chicas que podrían abandonarse alegremente y ganar unos kilos de peso, seguras de que para sus maridos siempre serían hermosas.

Acuciada por la desesperación y el dolor, solo tenía ganas de gritar y llorar, pero no lo hizo. La habían educado para ser la hija perfecta y la esposa perfecta; para ser vista pero no oída. Nunca oída.

La azafata rubia pasó por su lado una vez más y miró a Marc con sutil interés. Él ni siquiera levantó la vista. Al menos no la humillaría abiertamente flirteando con otras mujeres, aunque era posible que muchas desearan atraerlo.

No era un hombre que pudiera describirse como guapo, pero había algo atractivo en él. Había fuerza y poder, pasión oculta, profundidades sin fin. Tenía el tipo de carisma que las mujeres encontraban irresistible. La habían presionado para casarse con él, pero en lo más hondo de su alma, tenía que admitir que ese hombre hacía que se sonrojase con pensamientos impuros.

La primera vez que lo vio, Marc no se percató de su escrutinio. Se encontraba en una habitación del piso superior desde la que observaba sin ser vista el banquete que se estaba celebrando en el piso inferior, comprobando que todo estaba en orden. Poco después de llegar, sus ojos se posaron en él, atraídos por su magnética presencia.

Este se encontraba en una esquina, solo, su naturaleza firme y decidida visible en todos sus rasgos. A ella no le daba miedo la firmeza. Todos los hombres puramente masculinos que conocía la mostraban en su forma de ser. Era parte de lo que un hombre poderoso debía tener.

Cuando se movió, ella lo imaginó como el más despiadado de los cazadores, temido y fuerte como ninguno. Sus ojos lo siguieron por la sala, incapaces de despegarse. Molesto, se había detenido en medio de la sala y alzó la vista como si supiera que estaba siendo observado.

Temblando por el impacto de unos ojos grises como el hielo, Hira había tenido que retroceder un poco llevándose la mano al corazón desaforado. Había necesitado casi media hora para calmarse antes de unirse al banquete… en el que Marc le sonreiría con esa sonrisa suya pausada y secreta que volvió del revés su mundo interior.

Resumiendo, su marido era un hombre muy sexy.

Pero ni siquiera concentrándose en el atractivo sexual de Marc pudo contener el miedo. Consciente de que no podía esperar comprensión de un hombre al que había rechazado en el lecho nupcial, extendió la mano hacia una revista. Con angustia vio cómo esta se le escurría de los dedos, dormidos por lo fuerte que había estado apretando los apoyabrazos.

Sin decir una palabra, Marc dejó el bolígrafo y recogió la revista que dejó encima de sus papeles. Hira lo contemplaba expectante, con los ojos muy abiertos.

Antes de que le diera tiempo a pedírsela, Marc extendió una mano grande y tomó en ella los dedos temblorosos de Hira. Esta se quedó petrificada.

–¿No te gusta volar, princesa? –preguntó Marc. En su expresión no había burla, solo pura preocupación.

–Es la… primera vez que vuelo –dijo ella sonriéndole agradecida por la comprensión.

–¿La primera? –preguntó él, sorprendido–. Me he reunido con tu padre varias veces en Munich, Los Ángeles, incluso en Madrid.

Ella conocía todos esos lugares, podía hablarle de cifras, nombres de calles y monumentos claves de todas ellas, pero no había estado en ninguna.

–Mi padre cree que las mujeres solteras deben permanecer en casa –dijo ella apretando con fuerza la mano de Marc–. Pero tampoco llevó a mi madre en ninguno de sus viajes, así que tal vez piense que todas las mujeres deben permanecer en casa.

Hira esperaba recibir una reprimenda por deslealtad hacia su padre, pero aun así le respondió con sinceridad. Por un momento le pareció ver un atisbo de enfado en los ojos repentinamente sombríos de Marc.

–No pensé que en Zulheil se tuviera esa mentalidad.

–Somos gente con historia. Algunos siguen ciñéndose a las normas antiguas y nadie los juzga por ello –contestó ella pensando que en algunas ocasiones ella sí había deseado que alguien lo juzgara.

Para hacer justicia a su tierra, Hira sabía que, si ella hubiera dicho algo, habría conseguido estudiar una carrera y llevar una vida independiente. Los jeques de las últimas tres generaciones habían aprobado leyes que aseguraran el derecho de las mujeres a seguir su propio camino. Pero si hubiera atraído la atención de esa forma hacia su persona, el honor de su clan se habría visto mancillado para siempre en una tierra en la que el honor lo era todo.

El nombre de los Dazirah se llevaba con mucho orgullo, pues tras él había siglos de integridad. Solo porque su padre aprisionara a sus mujeres con sus creencias no significaba que el resto del clan hiciera lo mismo. Sus tíos no habían impedido que sus hijas estudiaran.

Marc la miró con fijeza, pero no siguió con el tema. En vez de ello, y sorprendiéndola una vez más, le habló de su hogar con una sonrisa en sus labios.

–Te llevaré al Barrio Francés cuando lleguemos. Princesa, hay cosas que te van a sorprender mucho –dijo él, que parecía realmente complacido con la idea, sus ojos relucientes como plata líquida–. Puede que hasta te lleve a dar un paseo en barca por los pantanos si me lo pides con cariño.

El corazón de Hira se suavizó ante el tono juguetón de Marc que hablaba con su voz profunda, al tiempo suave y tentadora como la miel caliente. Estaba claro que a pesar de la enemistad que había entre ellos, Marc intentaba distraerla para hacerle olvidar su miedo. Seducida por la luz que se reflejaba en sus ojos, no pudo evitar recordar la primera vez que se habían visto cara a cara. Había ocurrido en el mismo banquete en que se había enterado de su existencia.

Desde la distancia, sus miradas se cruzaron y él sonrió de esa forma tan suya, y Hira notó un vacío en el estómago. Sus labios se curvaron en una sonrisa a su vez llevada solo por la calidez de su mirada. Aun así, cuando acortó la distancia entre ambos, ella se había alejado con una mirada altanera que no hizo más que ampliar la sonrisa de él.

En ese momento, Hira pensó que si se había mostrado altanera era por la forma en que aquel hombre la había mirado, como si fuera su dueño. Ahora veía que la causa era mucho más profunda. En el fondo de su ser femenino sabía que Marc le resultaba peligroso en la forma en que solo un hombre fuerte y tremendamente sexual podría serlo. Y aun sabiéndolo se había casado con él.

Se sentía avergonzada por haberle echado toda la culpa a él por el matrimonio, motivada por el miedo y la rabia, cuando lo cierto era que había tenido otras opciones. No habría sido fácil contradecir a su padre, pero podría haberlo hecho. No habría sido la primera vez. No había sido una buena esposa para Marc hasta el momento y aun así él quería ayudarla.

La esperanza floreció en su corazón. Tal vez se había casado con un hombre con quien merecía la pena construir una vida. Su madre se había mostrado preocupada por las cicatrices que tenía en la cara, pero esas líneas no hacían disminuir su atractivo masculino. En todo caso, le daban un aire más peligroso aún, alentando unos pensamientos que no dejaban de sorprenderla por la enorme carga erótica que contenían.

¿Y qué importancia tenía una cara? Su padre era un hombre ciertamente hermoso, al igual que sus hermanos. Romaz también. No toleraba a los hombres guapos. ¿Pero a un hombre con corazón? Por un hombre así… lo arriesgaría todo.

Al subir las escaleras de su casa al estilo de las antiguas plantaciones de algodón, Marc inspiró profundamente por primera vez en semanas. La humedad del ambiente pantanoso penetró en sus pulmones dándole la bienvenida.

Por el rabillo del ojo podía ver la línea de cipreses que parecían querer hundir sus raíces en el diminuto riachuelo que pasaba a un lado de su propiedad. Al girarse, las ramas se agitaron con la suave brisa y no pudo por menos que sonreír.

Lejos del bullicio de Nueva Orleans, al sudeste de Lafayette, sus tierras, compradas para hacer realidad un sueño, se extendían hasta tocar la frondosidad de los pantanos. Había crecido en aquella tierra y estaba orgulloso.

–Tu casa es preciosa.

La sensual voz lo sacó de sus ensoñaciones, un desagradable recordatorio de que esta vuelta a casa era diferente. Esta vez llevaba con él a su esposa, una Bella intocable que no quería saber nada de la Bestia con quien se había casado. A pesar de la tregua del avión, una tregua que no había hecho sino atormentarlo con imágenes de lo que podía haber sido, sabía que nada había cambiado realmente.

Impelido por el resentimiento que le causaba pensar que Hira iba a convertir su particular remanso de paz en un campo de batalla, su respuesta fue algo cortante.

–Gracias.

Abrió la puerta sin mirarla y entró cargando con parte del equipaje, manteniendo deliberadamente ambas manos ocupadas. No creía que Hira estuviese muy dispuesta a que la tomara en brazos para hacerla entrar, aunque una parte de él, la más primitiva, desease completar el rito de la entrada en su territorio. Al notar que no entraba tras él, dejó las maletas en el suelo y se giró.

La vio sacando una de sus maletas de la parte trasera del todoterreno que habían recogido en el aeropuerto donde había estado aparcado durante su ausencia. La perfecta manicura de sus uñas pintadas de color bronce no parecía ser la preparación más adecuada para trabajar. El colorido vivo del bajo de sus pantalones de pernera ancha se estaban ensuciando, el color dorado se estaba volviendo pardusco al contacto con la tierra blanda.

Pensó en quedarse allí observando el espectáculo, pero algún tipo de estúpido instinto masculino le impedía dejar que se hiciera daño. No dejaba de ser su mujer. Y Marc Bordeaux cuidaba de los suyos.

–Yo lo haré, princesa –dijo él pasándose la mano por el pelo.

Ella ignoró el ofrecimiento y comenzó a subir la maleta ayudándose de ambas manos.

–Yo puedo con ella. Es pequeña –dijo ella arrastrándola. A cada movimiento su cabello oscuro con reflejos dorados se balanceaba cubriéndole la cara, dándole un aspecto suave, delicado y cercano.

Nunca había visto un pelo así, negro como la noche excepto por unos cuantos mechones de un tono dorado. Por alguna razón sabía que no eran teñidos, que su belleza era real. Las puntas se le habían ondulado por la humedad y Marc solo deseaba enredar los dedos en ese cabello y tomarla en sus brazos. Su cuerpo la deseaba con fuerza.

Nunca antes había deseado así a nadie.

–¿Qué llevas ahí? –preguntó él para distraerse. ¿Acaso Lydia no le había enseñado nada? Las mujeres hermosas eran como un espejismo, no había nada bajo la bonita superficie. Aun así, él se había casado con una criatura preciosa con la esperanza de que hubiera algo más. Aún lo esperaba.

No había empezado con el procedimiento para anular el matrimonio porque no podía soportar la idea de separarse sin intentar llegar a conocer a la mujer que se ocultaba bajo la máscara de sofisticación, la mujer que había visto aquella noche cuando ella creía que no la miraba nadie. Lo que había sentido por ella en aquel momento había sido algo tan puro que hasta él se había sorprendido. No iba a rendirse hasta que toda esperanza estuviera perdida.

–Na-nada. Ropa –dijo ella sonrojándose violentamente mientras se asomaba a la terraza.

De pronto Marc supo que mentía. Su ira le heló las venas. Bloqueándole la entrada a la casa, se mantuvo todo lo cerca que le permitía la maleta.

–No me mientas. ¿Qué es? ¿Tu amante te hizo un regalo de despedida?

Ella parpadeó con sus pestañas increíblemente largas y de no conocerla, habría pensado que estaba tratando de no llorar. Luchó contra el impulso protector que lo empujaba a tomarla en sus brazos.

–No. Ningún amante me ha hecho regalos. Son mis libros –dijo ella mirándolo desafiante, pero Marc se percató del leve temblor que recorría su labio inferior.

Su referencia a la falta de regalos por su parte dio en el blanco. Con solo mirarla, mirar los secretos que se ocultaban tras sus ojos de gato salvaje, la había deseado. El plan de su padre no había hecho sino acelerar sus intenciones.

–¿Por qué demonios me mientes? ¿Qué llevas ahí realmente?

Hira lo miró y tumbó la maleta en el suelo del porche, arrodillándose a continuación para abrirla. Él esperó. Cuando esta terminó de meter la clave, le lanzó una mirada aún más desafiante y levantó la tapa.

–Libros –dijo acariciando la cubierta de uno de ellos–. No miento –dijo a continuación con voz temblorosa.

Confundido ante la vulnerabilidad que transmitía Hira se puso en cuclillas a su lado.

–¿Por qué trataste de ocultármelos? –preguntó mirando celoso la suavidad con que sus delicadas manos acariciaban los lomos y las puntas levantadas de algunos de los libros.

–Mi padre creía que las mujeres no debían obtener muchos conocimientos –dijo cerrando la maleta de nuevo oculta tras la mata de cabello.

Desde luego no era la respuesta que esperaba. Con mucho cuidado, con toda la suavidad de que fue capaz, le retiró el pelo para poder verle la cara y le acarició la mejilla. Ella dio un respingo pero no se alejó.

–No tienes que ocultarlos conmigo.

Marc pudo sentir el estremecimiento que sacudió su frágil cuerpo. Finalmente, Hira levantó la cabeza y lo miró con cautela.

–¿Me estás diciendo la verdad o solo estás… jugando conmigo?

La mirada precavida que había en aquellos ojos le era familiar. Esperaba la patada, la humillación y la burla. Que esperase algo así de él lo ponía furioso, pero comprendía que las lecciones de una vida no podían olvidarse en un solo día.

–Te prometo que es la verdad –dijo él, y a modo de disculpa por la forma en que se había lanzado sobre ella, le contó algo de sí mismo–. Yo conozco el valor de los libros. Cuando era niño, leía todo lo que caía en mis manos. Nunca te negaría el conocimiento –dijo quitando la mano–. Hay una biblioteca en el piso de arriba. Puedes usarla siempre que quieras.

–Gra-gracias… esposo –dijo ella apretando los labios al tiempo que asentía. Era la primera vez que le reconocía la categoría de esposo y no había sarcasmo en su voz.

Él se levantó y le ofreció la mano. Tras una leve reticencia, los delicados dedos aceptaron la ayuda. Al levantarse, los ojos de Marc se posaron en el trozo de piel descubierta en el modesto cuello redondo de su camisa sin mangas. Perlada de sudor, su piel dorada relucía y Marc no pudo evitar sentir una oleada de calor. Por mucho que dijera su mente, su cuerpo no comprendía que tuviera que guardar las distancias.

Se obligó a mirarla a la cara, pero no fue buena idea tampoco. Era tan sensual como el resto. Unos labios gruesos y jugosos, pómulos afilados y una mirada felina en sus ojos color miel.

–Eres tan hermosa –dijo sin pensar.

–Sí. La gente me lo dice todo el rato –dijo ella con una sonrisa tensa al tiempo que retiraba la mano.

Debería haber sonado vanidoso, pero en vez de ello, el tono transmitía tanto dolor que Marc no pudo por menos que sujetarla por la cintura evitando que entrara en la casa. El calor del cuerpo femenino atravesaba el tejido de algodón acariciándolo.

–¿Y no te gusta?

–Soy algo más que una cara y un cuerpo. Soy Hira. Pero nadie quiere conocer a Hira. Por favor, estoy cansada.

Marc la soltó. Hira tomó la maleta y pasó a su lado

dejando tras de sí una oleada de dulce perfume. Marc se preguntaba si para ella él era igual que los demás y si tendría razón. No la había hecho mucho caso cuando le había contado que le interesaba la economía y no pensó que le gustaran los libros. Si se había equivocado una vez, podía hacerlo más veces.

Claro, que tal vez su hermosa esposa también podría estar jugando con él. De todas las posibilidades, esa parecía la más factible. Primero lo echaba de su cama, después se había mostrado asustada y necesitada en el avión, y ahora veía una nueva faceta de ella en la que se mostraba como un animalillo asustado. ¿Quién era la verdadera Hira? Marc no había tomado una decisión aún. Era parte de su naturaleza. Y, aun así, había pedido su mano sin haber hablado con ella.

Pensó que tal vez ella tuviera razón. Cuando la vio en el balcón, ¿había deseado conocerla? ¿O simplemente había querido poseer aquella belleza, enseñarle al mundo algo tan exquisito con lo que los hombres no se atreverían a soñar?

Algo.

La sangre se le heló en las venas. No. Él no era de la clase de hombres que trataban a las personas como si fueran posesiones. Tal vez pudieran acusarle de ser arrogante, pero él, que había sido tratado una vez como si fuera una cosa, no le haría lo mismo a otra persona. Ni siquiera a la reina de hielo que era su mujer.

Capítulo Tres

Acababan de terminar de cenar en silencio cuando Marc recibió la llamada de Nicole, una amiga de la niñez.

–Enseguida vuelvo –le dijo a Hira–. Nic necesita consejo sobre un contrato.

Nicole le había pedido que fuera a encontrarse con ella en Nueva York, pero él no estaba dispuesto a dejar sola a su esposa para correr a ayudar a otra mujer. Eso mataría su matrimonio antes de empezar, y el niño perdido y solitario que había en su interior seguiría viendo los reflejos brillantes de sus sueños en los ojos de Hira.

Su mujer no podía saber que Nicole era como una hermana para él. A juzgar por lo que había contado del matrimonio de sus padres, estaba seguro de que pensaría que iba a «dormir con esa mujer».

–Como quieras –dijo ella sin aparente curiosidad. A pesar de los intentos de Marc durante la cena, se había negado a suavizar su actitud. Era como si estuviera decidida a hacerle olvidar el instante de vulnerabilidad que había visto en el porche.

–Probablemente hayas visto a Nic en los anuncios de los cosméticos Xanadú –dijo él, aunque en realidad lo que quería era obligarla a reaccionar, a que le demostrara que a ella también le importaba algo ese matrimonio, que le importaba él.

–Es muy guapa.

Fría como el hielo, pensó Marc furioso consigo mismo por esperar algo más.

–Tal vez debería haberme casado con Nic –murmuró al salir de la habitación, pero no tenía intención de que su mujer oyera el afilado comentario.

Hira sintió que sus palabras se clavaban en ella como afilados cuchillos, hiriéndole el corazón hasta dejarla sin respiración, allí sentada, incapaz de moverse. Marc había pasado al salón de estar contiguo a la cocina, pero no cerró la puerta. Aunque no podía distinguir las palabras con claridad, escuchaba el eco de su voz.

Y de vez en cuando también alguna que otra risa muy masculina. Apretando las manos en los brazos de la silla, inspiró profundamente varias veces. Se sentía traicionada. No sabía por qué, pero no había esperado tanta crueldad por parte de ese hombre. Había sido tan tierno con ella en el avión que se había dejado engañar. Y en el porche… su comprensión la había desmontado.

Rápida, repentinamente, había amenazado con ganarse su confianza. Aterrorizada por el poder que tenía sobre ella, se había retraído buscando la única protección que tenía: una fachada de hielo. Durante el rato que habían estado sentados a la mesa solo había deseado poder confiar en él, pero la parte de ella que había crecido viendo las maquinaciones de su padre, y la forma en que degradaba el orgullo de su madre, la habían obligado a ser cauta y a esperar antes de cometer un error terrible. Y esa parte malherida había acabado dándole la razón.

Sintiéndose sola y perdida se levantó de la mesa en busca de algo con que entretenerse y ocupar sus temblorosas manos. Se preguntaba cómo había llegado a convertirse en alguien tan vulnerable con aquel hombre cuando vivir bajo las órdenes de Kerim la había enseñado a protegerse de la crueldad.

No podría soportar subir a su habitación y encerrarse en ella. Se había pasado casi toda la vida encerrada. Y no volvería a hacerlo. Se fijó entonces en los platos de la cena. Contenta de tener algo que hacer, los recogió y los llevó al fregadero. Una brisa fresca le acarició las piernas cubiertas con una falda larga. A juego con una camisa de algodón que tenía elástico en el cuello y las mangas abullonadas, se sentía libre y no quería perder esa sensación. Cuando casi había terminado llegó su marido, que parecía haber terminado ya con su «Nic».

«Tal vez debería haberme casado con Nic».

Las palabras resonaron de nuevo en su cabeza. ¡Quería romper algo y gritarle que por qué no lo había hecho! ¿Por qué la había sacado del desierto si no la quería? Pero no dijo nada, demasiado acostumbrada al duro castigo que recibía cada vez que mostraba su rebeldía. Los castigos no habían destruido su vivo apasionamiento, pero le habían enseñado a ser muy cuidadosa sobre en quién confiar. A veces, las personas más cercanas a uno eran las menos adecuadas.

Marc quedó sorprendido al ver a su princesa lavando los platos. Cuando los depositó en el escurridor, tomó un trapo y comenzó a secarlos preguntándose si se habría apresurado demasiado. Por alguna razón,

Hira lo hacía reaccionar con vehemencia, cuando él gozaba de la reputación de mantener siempre el control.

–¿Haces trabajo de mujeres? –preguntó ella mirándolo sorprendida.

–*Cher*, trabajé en un restaurante cuando era joven –dijo con una sonrisa.

Aquello le dio qué pensar y no dijo ni una palabra hasta que hubo terminado. A pesar del desastre que la noche estaba siendo, Marc había albergado la esperanza de que pudieran tomar juntos un café, pero entonces Hira se dirigió a las escaleras.

–Eh –dijo él sujetándola por el brazo con cuidado de no ser demasiado brusco–. Tenemos que hablar –dijo, aunque no sabía qué le iba a decir exactamente. Solo sabía que tenía que decirle algo. No podían seguir viviendo así, como dos extraños que habían dicho unos votos y ahora se encontraban encerrados en una celda juntos.

–¿Por qué? ¿Quieres que duerma contigo? –dijo ella envolviendo cuidadosamente cada palabra en una capa de hielo polar. Desde su posición, un par de escalones por encima de él, lo miró como si no fuera más que un esclavo, su expresión fría como el amanecer en el desierto.

Marc dejó caer el brazo con un gesto de disgusto.

–Maldita sea. No quiero hacer nada con una mujer que no me desea.

–Entonces nunca harás nada con tu mujer –dijo ella apretando los puños y frunciendo los labios. Era el primer atisbo de emoción que había demostrado desde el episodio del porche.

–¿Mis manos son demasiado sucias para ti, princesa? ¿Acaso te parece que mi dinero no es lo suficientemente bueno para hacerte olvidar mis raíces? –dijo él con dureza sin comprender por qué lo hacía. Era un hombre al que habían cazado muchas mujeres, pero por alguna razón él solo quería a aquella que lo miraba con sumo desdén. Solo a ella.

Ella le miró las manos y frunció el ceño sin comprender la metáfora.

–No sé lo que quieres decir. Solo sé que me has demostrado que no te importo diciendo que deberías haberte casado con Nic. No quiero estar aquí con un hombre al que le resulta tan fácil hacerme daño.

La sinceridad de sus palabras le hizo olvidar su furia, mientras que la sombra del miedo que Hira se esforzaba en ocultar hizo que sus palabras se suavizaran.

–Diablos. Lo siento –dijo él extendiendo el brazo, y tomándola de la mano con cuidado la ayudó a bajar los escalones preguntándose por la causa de su repentino pánico. ¿Qué cicatrices ocultaba esta particular Bella?

–No era mi intención que lo oyeras –añadió sintiéndose como un idiota. No había duda de por qué la había visto tan rígida a su regreso–. Era mi temperamento el que hablaba, cariño. Nic es como mi hermana pequeña.

–¿Me estás pidiendo disculpas? –preguntó ella, atónita.

–Me he portado mal. Tienes mis más humildes disculpas, princesa –contestó él consciente en ese momento de que tener su mano en la suya era un gesto de confianza con el que no había contado.

–Yo… Está bien –dijo ella mirándolo como si no pudiera comprender su comportamiento, en sus ojos un velo de dorada calidez, ni rastro del hielo. Aquella sí era la mujer que le había sonreído con timidez en medio de una sala abarrotada, encantadora y vibrante, todo lo que lo había conquistado.

–¿Qué ocurre, *cher*? –el término cariñoso se le escapó al ver la expresión inocente de Hira.

–Mi padre nunca se disculpaba –dijo ella sin luchar cuando Marc le retiró un mechón de la cara–. Decía que un marido no tiene por qué hacerlo –dijo mirándolo a los ojos.

–¿Y qué pasa si se equivocaba? –preguntó él levantando una ceja. Se metió la mano libre en el bolsillo para no ceder a la tentación de acariciar la curva de su delicado cuello, al placer de sentir el tacto de seda de su piel dorada teñida de un rosa suave. Su mirada era demasiado cautelosa como para intentar intimar con ella.

–Decía que nunca se equivocaba.

–Buena forma de ganar una discusión –dijo él sacando la mano del bolsillo y frotándose la nuca–. Discutir por el mero gusto de hacerlo, ¿no es así?

–¿Por qué habría de ser divertida una discusión? –preguntó ella frunciendo el ceño.

Marc no pudo reprimir una sonrisa. Acercándose un poco, deliberadamente presionó con su cuerpo cediendo a sus impulsos.

–Porque en una discusión hay que tomar una postura, princesa –dijo él acariciándola con su aliento. Sus labios casi rozaban los de ella y sus sentidos quedaron invadidos por el aroma femenino que despedía. Cediendo a la tentación, levantó la mano libre y tomó en ella el óvalo de su rostro, preguntándose si sería capaz de tocar algo tan suave y delicado.

Abriendo mucho los ojos, Hira soltó la mano y subió

las escaleras tan rápido que a Marc no le dio tiempo a reaccionar. Su sonrisa fue desapareciendo a cada paso que daba. ¿Qué había esperado? ¿Que su cara llena de cicatrices la empujara a sus brazos? Aunque se negara a admitirlo, su rechazo le dolía en lo más hondo, de una forma que no le dejaba ocultarlo. Como otro de sus sueños hechos añicos, siguió a su bella mujer escaleras arriba lentamente.

Siempre solo, esa noche también encontró su cama fría.

Hira estuvo despierta hasta tarde. Era culpa de su marido. Cada vez que pensaba que ya se estaba quedando dormida, unos ojos de un gris asombroso la desvelaban, pidiéndole algo que ella desconocía.

Ella sabía que la deseaba. La mayoría de los hombres lo hacían. No era algo de lo que estuviera orgullosa. Le dolía saber que solo la querían por su cuerpo y su cara. Ninguno podría decir nada del tipo de persona que era. ¿Se habría casado con alguien diferente?

Él la consideraba una «princesa», una mujer sin más cualidades ni cerebro. Pero quería acostarse con ella.

Se puso una bata de un amarillo brillante adornada con una rosa roja en la espalda y bajó las escaleras con la intención de prepararse un chocolate caliente. En los libros que había leído sobre otras culturas lo denominaban «alimento reconfortante» y eso era justo lo que ella necesitaba.

Se sentía sola, perdida. Era como si su cuerpo y su mente no estuvieran conectados. Su cerebro le decía que si se permitía sentir ternura por Marc, el cazador que llevaba dentro buscaría su total rendición. Cuando lo vio por primera vez le inspiró peligro. Cada vez que estaba cerca de ella, cada vez que amenazaba con echar abajo las murallas que le servían de protección, la impresión se incrementaba. Aun así el sensual corazón que también habitaba en ella encontraba su masculinidad tremendamente atractiva. ¿Qué se suponía que tenía que hacer con esos extraños sentimientos?

¿Y por qué no había ido su marido a la cama con ella? La idea le había parecido aterradora porque no sabía cómo explicar la súbita oleada de calor que inundaba su cuerpo, pero había aceptado lo inevitable. Era su mujer. La había dejado sola la noche anterior porque se había mostrado furiosa, pero esa noche él la deseaba y habría tenido que suponer que ella no lo iba a rechazar de nuevo. No podría hacerlo después de la forma en que había reaccionado a su caricia como si la hubiera atravesado un rayo. Sin embargo, él no se había acercado.

Aquel hombre la confundía, un hombre grande que se movía como un cazador del desierto con su cuerpo esbelto y su mirada vigilante, y que le sonreía como si compartieran en todo momento un secreto.

Marc oyó que Hira salía de la habitación. Se preguntaba qué estaría haciendo por la casa a esas horas de la noche. La tremenda excitación mantenía su cuerpo en vilo, incapaz de dormir, pero ella no tenía excusa alguna. A juzgar por la manera en que había echado a correr, aquella mujer no sentía el más mínimo deseo hacia él. Con un gruñido salió de la cama, se puso unos pantalones de deporte grises y bajó las escaleras. Al demonio con la sensatez. Si su mujer no podía soportar las cicatrices que marcaban su cuerpo, tendrían que averiguarlo.

Él nunca había tenido problema para atraer a las mujeres, pero siempre habían sido mujeres fuertes, mujeres que sabían exactamente lo que querían de un hombre. Y no era precisamente ternura. Las mujeres delicadas y lindas como su mujer solían encontrar su cuerpo marcado demasiado desagradable. Y, si ya lo sabía, ¿por qué castigarse? No lo comprendía.

A medida que bajaba las escaleras sacudía la cabeza. Cuando entró en la cocina, Hira estaba sacando un bote de cacao en polvo de un armario. El pelo le caía sobre los hombros como un espejo negro y dorado, reluciente sobre el amarillo vibrante de la delgada bata. Era realmente hermosa. Si lograra averiguar que esa belleza también era de corazón, su matrimonio podría sobrevivir.

–¿Tienes hambre? –le preguntó entrando en la cocina.

Sus ojos color miel se volvieron hacia él, sorprendidos. Parpadeó para asegurarse de que era él de verdad.

–No podía dormir –admitió ella.

Marc se cruzó de brazos con el deseo de que lo mirara. A pesar de su aspecto sofisticado, ni siquiera ella podía ocultar una reacción instintiva.

–Yo tampoco.

–¿Quieres un poco? –dijo ella dejando el bote en el mueble y abriendo el frigorífico–. ¡No hay leche! –exclamó mirándolo por encima del hombro con gesto frustrado.

–Mañana iremos a comprar –respondió él con una mueca.

–Pero no tengo lo que necesito ahora –dijo ella retirando el bote.

–Retrasar un poco el momento de una gratificación no le hace daño a nadie –dijo él, pensando que si su cuerpo pudiera comprenderlo, la situación sería más cómoda para ambos.

Frunciendo los labios, se dispuso a abandonar la cocina pasando junto a él con altanería, balanceando las caderas. La misma fuerza que lo había metido en problemas unas horas antes lo empujó a extender la mano y a sujetarla por el brazo sintiendo el calor que emanaba de su cuerpo a través de la bata.

–Déjame –dijo ella mirándolo con sus ojos almendrados llenos de misterio.

–¿Por qué? –preguntó él alentado por el tono rosado de sus mejillas y el fuego de sus ojos.

–Porque no quiero hacer esto ahora, y dijiste que no usarías la fuerza.

Le pareció ver miedo en aquellos magníficos ojos, pero al momento lo pensó mejor y se dijo que no, aunque suavizó el tono de su voz.

–¿Y qué me dices de la persuasión? –susurró cerca de sus labios con voz ronca. No se esforzó por ocultar cuánto la deseaba. La tensión sexual existente no podía sentirla solo él, no cuando cada vez que respiraba la pasión le quemaba por dentro.

–No podrías convencerme para hacer algo que me pareciera desagradable –contestó ella. Sus palabras se clavaron en él como cuchillos, sumando sus cortes a las cicatrices que llevaba por dentro, cicatrices tan horribles que era mejor mantenerlas en la oscuridad–. Si tratas de obligarme a pesar de saberlo, serás como un animal en celo.

Dolido hasta lo indecible, Marc dejó caer el brazo y le volvió la espalda. Al menos ahora sabía que aquel apresurado matrimonio no tenía ninguna esperanza de sobrevivir. Aun así, no era capaz de alejarse.

–Buenas noches, princesa.

Hira se quedó allí, mirando la espalda rígida de Marc, consciente de que le había hecho daño. Nunca había tratado de hacer daño a otro ser humano intencionadamente. La conciencia le decía que tenía que disculparse. Por una parte se sentía reticente a hacerlo porque sentía que Marc la había estado provocando, pero por encima de todo sentía una gran confusión. Porque no encontraba nada desagradable en su marido. A pesar de tratar de mantenerle a distancia, le había permitido acercarse. Romaz nunca le había hecho sentir esa mezcla caótica de terror y júbilo. Y eso que ella creía que lo amaba.

Abrumada e incapaz de comprender lo que le estaba sucediendo, dio media vuelta y salió de allí. Una vez en su habitación, paseó arriba y abajo desconcertada por la oleada de calor que se había despertado en ella ante la proximidad de su marido. Su madre no le había dicho nada de todo eso. Lo único que le había dicho era que si su marido era un hombre cariñoso, sería cuidadoso con ella.

Hira había aprendido hacía tiempo lo que ocurría en el lecho conyugal. Sin embargo, no tenía ninguna experiencia. Incluso con Romaz se había comportado con absoluto decoro. Había sido fácil resistirse a sus intentos de seducción. Demasiado.

Su mente y su corazón la presionaban para aceptar la verdad que había estado evitando desde el momento en que conoció a Marc. Ella no había estado enamorada de Romaz, tan solo se había sentido atraída por el sueño de libertad que implicaba. Si lo hubiera amado de verdad, no le habría resultado tan fácil mantener las distancias con él. Si lo hubiera amado, su cuerpo habría ardido en deseo igual que le ocurría con Marc, el marido que apenas conocía.

Frente a aquel hombre cien veces más masculino que su «otro amante», un hombre del que había pensado que se mostraría exigente e impaciente con su inexperiencia, se encontraba perdida. Educada en un ambiente enclaustrado, nunca se le había permitido mezclarse con hombres como su marido. Aunque su familia había intentado casarla con el jeque, nunca le habían permitido estar a solas con él.

Pero esa noche estaba sola con un hombre que quería ejercer su derecho como marido, pero que no creía en usar la fuerza con su mujer. Eso significaba que si quería que el matrimonio fuera algo más que un documento firmado, algo más que compartir una casa como extraños, tendría que dejar atrás su cobardía y acercarse a él, porque sabía que él no volvería a acercarse a ella. Era un hombre con mucho orgullo, pero ella lo había despedazado con su respuesta empujada por el pánico.

Se había acercado demasiado a ella, un hombre muy masculino, con toda la potencia de su cuerpo que parecía despedir llamas. Se había sentido mareada ante el despliegue de súbito y perturbador deseo de poner sus manos en aquel magnífico torso y acariciarle hasta hacerle perder el control, aunque no tenía ni idea de lo que habría hecho después. Pero aún más escandaloso le parecía la forma en que su cuerpo ardía en deseos de restregarse con ese hombre.

Lo deseaba como nunca había deseado a nadie.

Y su propio deseo le daba tanto miedo que había salido corriendo de la causa de su desconcierto, hiriéndolo por el camino cuando él no había hecho nada para merecerlo, cuando se había disculpado por hacerle daño con su mal genio. Se había mostrado sincero con ella y ella sabía que le había dicho la verdad.

Le había resultado fácil perdonarlo porque no le importaba vivir con un hombre temperamental. De hecho, lo prefería a que la juzgaran en frío silencio como hacía su padre. Pero esa noche, Marc no había mostrado temperamento alguno sino que se había quedado rígido, y ella sabía que le había hecho daño de verdad.

Con sus acciones había destruido el frágil soporte de su matrimonio. Ahora solo ella podía reconstruirlo. Asustada, sin saber cómo seducir a un hombre fuerte como su marido, se hizo un ovillo en la cama pensando que nunca podría dormirse.

Soñó con sábanas de satén y un cazador con ojos como mercurio líquido. Un amante poderoso, exigente y ardoroso que no quería que le ocultara nada. Un hombre que daba tanto como tomaba y que la dejó bañada en sudor, el cuerpo ansioso por una posesión de la que no tenía conocimiento.

Capítulo Cuatro

Hacia el mediodía del día siguiente, Hira miraba desde la ventana de la cocina a su marido mientras cortaba leña en el patio trasero. Marc la había ignorado desde el encuentro de la noche anterior en la cocina. Era como si estuviera fuera para estar lejos de ella. Claro que de poco le iba a servir tratar de ignorarla si ella no quería ser ignorada. Su padre siempre se enfadaba porque decía que era más testaruda que un camello viejo. Ella lo había tomado como un cumplido.

Sería culpa de Marc que ella lo siguiera. Después de todo, no se habría vestido solo con unos vaqueros si no quisiera que lo mirara. ¿Qué mujer se resistiría a recorrer con la vista sus musculosas formas, su cuerpo esbelto y peligroso como el de un lobo salvaje? Y se había dado cuenta de que no se conformaba solo con mirarlo, sino que también quería tocarlo igual que había deseado hacerlo la noche anterior cuando apareció en la cocina.

El ardiente deseo que sentía hacia él seguía sorprendiéndola porque no se consideraba una mujer apasionada. Su experiencia con Romaz no había hecho sino reafirmarla en esa creencia. Nunca se había sentido tan intrigada ante la visión de un cuerpo masculino y disfrutaba con ello. Quería ver y saborear la idea de que toda aquella fuerza masculina le pertenecía. ¿Qué se sentiría si tuviera el derecho a acariciar ese cuerpo?

Pero aún más inesperado que ese deseo secreto era ver cómo su propio cuerpo se iba incendiando más y más por momentos. El conocimiento que tenía sobre lo que ocurría entre un hombre y una mujer en el lecho conyugal no incluía nada de aquella sensación de calor bajo el vientre. El pensamiento bastó para escandalizarla. Sin embargo, la sensación era tan agradable que no quería ir contra ella.

Quería explorarla. Tal vez hubiera estado demasiado protegida pero nunca había sido una cobarde. Al menos, no hasta casarse con aquel hombre que la confundía y la empujaba a hablar sin pensar. Y en ese momento su musculoso marido estaba muy enfadado con ella.

Podía ver la ira cada vez que golpeaba con el hacha, haciendo saltar las astillas de los troncos. Pero por muy enfadado que estuviera, pensó Hira, nunca lo pagaría con ella como su padre había hecho con su madre, reprendiéndola y humillándola. Cuando Marc había perdido los estribos ella le había contestado con palabras duras igualmente.

Además, era lo suficientemente hombre para aceptar la culpa y disculparse con ella si era necesario. Al contrario que Kerim Dazirah, Marc parecía no tener la necesidad de someterla para poder sentirse superior a ella. La noche pasada le había dado la espalda. En Zulheil, la había mirado con frialdad y después la había dejado sola en la noche de bodas.

Había decidido que no debía importarle mucho. Pero ahora veía que no era así. Su apasionado corazón estaba presente en sus actos, en cada golpe con el hacha. Algo muy poderoso floreció en su corazón. Si estaba tan furioso con ella tal vez podría sentir con igual intensidad afecto y ternura por ella, incluso amor.

Se preguntó si sería capaz de encontrar la manera de hacer que su matrimonio pudiera prosperar, la manera de hacerlo real. Hacer que viera a la auténtica Hira, la mujer que se ocultaba tras el cuerpo y el rostro. Pero para hacer eso lo primero que tenía que hacer era acercarse a él. Y aceptó que, para ello, lo más práctico sería el contacto físico. Marc le recordaba a los hombres del desierto allá en su tierra: aunque le dejara acceso a su cuerpo, protegería su corazón y su alma hasta que demostrara ser digna de confianza.

Pero si tenía el suficiente coraje para enterrar el dolor y la humillación que había sufrido a manos de Romaz y luchar por cumplir los votos sagrados que había pronunciado, un día podría conseguir el matrimonio con el que siempre había soñado. Era mejor que estar en el limbo emocional en el que se encontraba y que la conduciría inevitablemente al divorcio. Sentía un peso en el corazón. Por alguna razón no quería que la separaran de aquel hombre peligrosamente masculino con quien se había casado a toda prisa.

Cuadrándose de hombros, inspiró profundamente y se irguió. La vaporosa falda que llevaba le caía suavemente hasta los talones. Había decidido que en casa se vestiría de la manera que solía hacer en Zulheil, con alguna modificación que pudiera atraer a su hombre hacia ella.

Llevaba un top ajustado muy cómodo que le llegaba justo debajo del pecho ensalzando una parte que ella solía ocultar. La prenda de seda de color rosa sin mangas dejaba a la vista también unos bellos brazos. Finalmente, la falda se dejaba caer por su cuerpo hasta sujetarse en sus caderas, los costados escandalosamente a la vista. Su padre jamás habría tolerado semejante atuendo en su casa, lo habría tachado de indecoroso y, por una vez, ella habría estado de acuerdo. Las doncellas no deberían llevarlo y mucho menos en público.

Pero entre marido y mujer…

Tal vez se estuviera apresurando en vestir una ropa tan abiertamente sexual, pero con todo lo que estaba pasando entre ellos, esperar más conduciría a la ruptura irremediable de su matrimonio, algo que ella deseaba evitar a toda costa.

Por eso su decisión de vestirse para tentarlo, deseosa de que su marido admirase su cuerpo. No quería pensar en lo patética que debía parecer. Era la verdad y la aceptaba porque no quería convertirse en una mujer divorciada con muchos maridos. Nunca había querido algo así.

Se secó las manos en la falda y salió de la casa atravesando el césped que cubría la parte trasera. Marc seguía con su tarea, aunque sabía que era consciente de su cercanía. Su marido tenía el instinto de las grandes bestias cazadoras que un día camparon libres en su país. Se detuvo a una prudente distancia y lo llamó.

–¡Esposo! ¡Marc!

Este siguió cortando madera.

Con el ceño fruncido, Hira se acercó más sin prestar atención a las virutas de madera que salían despedidas tras el golpe del hacha, tanta confianza tenía en que su marido la protegería. Y no la decepcionó. Marc clavó la hoja en el tocón de madera que había estado usando como base y se volvió hacia ella, los músculos tensos por el ejercicio y relucientes por el sudor.

–¿Qué demonios te traes entre manos, princesa? –preguntó sin molestarse en ocultar su enfado–. ¿Vienes a contonearte delante de la bestia que tienes por marido? –añadió mientras deslizaba la mirada por el cuerpo de Hira, que aparecía cubierto de una fina capa de sudor.

Hira se mordió el tembloroso labio inferior, consciente de que se merecía la dureza de sus palabras porque la noche anterior había sido muy desagradable con él. Por miedo se había comportado de una manera vergonzosa.

–He venido a decirte que he dejado que creas algo que no es verdad.

–¿Y qué es? –preguntó pasándose la mano por el cabello húmedo de sudor, su mirada llena de sarcasmo–. ¿Tal vez te refieres a hacerme creer que me había casado con una mujer de verdad en vez de con una muñeca de porcelana?

Hira hizo una mueca de dolor, pero se obligó a seguir hablando.

–No me disgustó tu acercamiento. Ni te veo como un animal –dijo ella. Marc no se estaba comportando como ella había esperado. La mayoría de los hombres se habrían quedado satisfechos con eso, encantados de tomar el cuerpo que con tanto descaro le estaba ofreciendo. Sin embargo, Marc parecía querer de ella algo más que su cuerpo.

–¿A qué estás jugando? –dijo él entornando los ojos–. Sé cuando una mujer no quiere nada conmigo –acusó con dureza.

–¡Tenía miedo! –exclamó Hira de pronto sin poder contenerse–. Soy la vergüenza de mi familia –dijo cruzando los brazos y mirándolo con toda sinceridad.

–No soy un hombre violento –dijo él como si lo hubiera insultado–. ¿De qué demonios tenías miedo?

–Soy virgen, esposo –dijo ella, perpleja ante la falta de comprensión por su parte–. Mi madre me dijo que si tenía un marido amable, me cuidaría para que no tuviera miedo. ¡Y tú no eres amable! ¡Tú gruñes y te exaltas y eso no es agradable!

Marc sintió como si lo hubieran golpeado con el hacha en la cabeza. No lograba comprender lo que Hira le estaba diciendo. Con un gesto acusador en los labios, permanecía delante de él tan preciosa con su escaso conjunto rosa que le daban ganas de comérsela, y pretendía hacerle creer que era virgen.

Y, sin embargo, igual que la noche anterior cuando le dijo que no quería hablar con él, Hira tenía la habilidad de decir la verdad más absoluta en los momentos más desconcertantes… como si no fuera capaz de decir una mentira sutil o una media verdad.

–¿Y qué me dices de tu novio? –preguntó finalmente, los dedos metidos en el cinturón de sus vaqueros. No la tocaría a menos que se lo pidiera.

–Romaz no era mi marido –suspiró ella–. No voy a mentirte otra vez –tenía los ojos muy abiertos y se retorcía las manos, pero no dejaba de mirarlo a los ojos, con un gesto tan decidido y valiente en el rostro que sintió ganas de agarrarla y mecerla en sus brazos.

–¿Y cuál es la verdad entonces?

–Él no me hacía desear acostarme con él como tú lo haces.

–¿Quieres decir que te enciendo? –dijo él perplejo.

–No soy un electrodoméstico –dijo ella frunciendo el ceño.

–¿Quieres acostarte conmigo? –parafraseó. El sol brillaba en lo alto y aquella estaba siendo la conversación más surrealista que había tenido en su vida.

–Ya te lo he dicho –Hira frunció el ceño aún más–. ¿Por qué me haces repetirlo? ¿Acaso ya no me deseas?

Al borde de perder la paciencia, se acercó a ella. Vio que las mejillas de Hira se encendieron ante su cercanía, pero no retrocedió.

–Tú no me quieres –dijo él con dureza.

Su mujer lo miró con fiereza, trayéndolo a la realidad.

–¿Por qué habría de mentirte? –dijo ella poniéndose en jarras al tiempo que se acercaba a él. Ambos estaban descalzos y tenía que echar la cabeza hacia atrás para poder mirarlo a los ojos. Marc se preguntaba si se habría dado cuenta de que sus pechos rozaban su torso desnudo y sudoroso.

–Yo no miento… Tal vez alguna vez lo he intentado, pero siempre he acabado diciendo la verdad –añadió.

Marc se olvidó entonces de toda precaución y se preparó para un nuevo golpe. Lo peor que podía ocurrirle era que lo rechazara. Tal vez así aceptaría de una vez por todas que la esperanza había sido solo un espejismo, una tortura para la parte más vulnerable de su corazón.

Posó las manos sobre la piel desnuda de su cintura. Era suave y cálida al tacto, una invitación a saciar todo su apetito como quisiera. El cazador que llevaba dentro gimió al saber que él era su pareja, que era suya. Pero el hombre civilizado apenas si podía mantener bajo control sus reacciones.

El cuerpo de Hira se estremeció al contacto.

–Es una sensación rara.

–¿Rara?

–¿Por qué tus manos me hacen estremecer en lugares que no has tocado? –preguntó ella mirándolo acusadoramente con sus exóticos ojos.

Marc acarició la curva de su cintura con sus manos, no muy seguro de que Hira lo deseara, tratando de asustarla con su cercanía e innegable excitación. Pero en vez de alejarse, Hira abrió los labios y posó las manos sobre los hombros de Marc apretándolo contra sí.

Aun así, Marc seguía sin convencerse. No ayudó que Hira ocultara el rostro en la curva de su cuello. Intentando controlarse, le acarició el pecho y tomó las formas redondeadas en sus manos. Hira dio un respingo ante el aumento de intimidad.

–Esposo –susurró ella sin levantar la cara–. ¿Qué... me estás haciendo? –preguntó con voz temblorosa, pero cuando Marc iba a retirar las manos, ella se apretó aún más contra él.

–¿Te gusta? –le preguntó Marc al oído, dejando que siguiera ocultando el rostro porque notó que se le habían endurecido los pezones.

–Sí –dijo ella presionando sobre sus hombros.

Si de verdad era virgen, no era posible que estuviera fingiendo el tono urgente de su voz.

–¿Y cómo es eso? –dijo él en un susurro grave mientras deslizaba las manos hasta sus glúteos.

–Esposo, no deberíamos estar haciendo esto en la calle –dijo ella separándose un poco.

–No nos ve nadie –contestó él deseando vivamente tomarla allí mismo, porque había decidido que le estaba diciendo la verdad. Su mujer lo deseaba. Había una desconcertante inocencia en sus ojos que no podía ser fingida. Sabía que en su necesidad de ponerla a prueba la había acariciado con demasiada osadía tal vez, pero tenía toda la intención de solucionarlo dándole todo el placer que pudiera desear.

–Por favor –suplicó ella.

Por un momento, le parecieron tan vulnerables sus ojos de gata salvaje que se quedó sorprendido. Nunca había imaginado que su sofisticada princesa tuviera un corazón tan suave. ¿Qué más ocultaba bajo su pose altanera?

–Está bien, *cher* –dijo él besándola y disfrutando de la dulzura que encontró en su respuesta. Cuando pidió acceso a las profundidades de su boca, ella dudó un poco–. No pasa nada, cariño –susurró con tono grave–, déjame entrar.

El cuerpo de Hira se estremeció bajo el contacto al tiempo que sus labios se abrían dejándole acceso. Luchando por contener el ansia, la saboreó un poco, lo justo para provocar el deseo en ella. Cuando se separaron, Hira lo miró, las mejillas encendidas. Ninguna mujer en la tierra podría fingir la pasión que velaban esos magníficos ojos.

–Vayamos dentro. De todas formas, necesito darme una ducha –continuó Marc.

–Yo te ayudaré –dijo ella con voz suave, apenas un susurro.

–¿Qué? –dijo él tremendamente excitado a esas alturas. Tal vez aún estuviera dormido y aquello fuera un sueño erótico, porque solo así tendría explicación una esposa virgen sugiriéndole algo así.

–En mi clan, es una tradición que las mujeres ayuden a sus esposos a bañarse –dijo ella mordiéndose el labio, sintiéndose culpable–. He estado evitando mi obligación porque sabía que tú no la conocías.

Y Marc supuso que también tendría algo que ver con que era virgen. ¿Cómo podría haber esperado que una chica inexperta comprendiera el tremendo deseo que probablemente había visto en sus ojos la noche anterior? La ternura que no sabía que podía sentir le hizo acariciarle la espalda con gesto tranquilizador.

–¿Sería una obligación? –susurró. A pesar de toda una vida ganando confianza en sí mismo, quería oír su respuesta, y se armó de valor para el doloroso golpe.

–No –dijo ella sonrojándose de esa manera que hacía brillar su piel dorada. Sus largas pestañas intentaban ocultar sus ojos, pero él seguía notando lo excitada que estaba por la dureza de sus pezones–. Haces que desee tocarte –confesó, casi rozando el torso de Marc.

–¿Y qué me dices de las cicatrices? –preguntó a las claras.

Hira deslizó un dedo por una de las cicatrices que le atravesaban el torso.

–En Zulheil, los jefes de las tribus del desierto participan en una ceremonia para mostrar su lealtad al jeque –explicó mientras recorría la línea hasta su abdomen–. Marcan su cuerpo con orgullo. Tú eres un cazador como ellos y estas son tus marcas de guerra –y diciendo esto depositó un beso sobre otra cicatriz que le atravesaba la clavícula.

–Supongo que podrían considerarse marcas de guerra, sí –dijo él sintiendo un escalofrío. Su niñez había sido como un campo de batalla en el que se había encontrado a menudo con el cinturón de su padre y las manos de su madre. Acarició la curva de las caderas femeninas. Para su sorpresa, Hira se acercó más a él todavía. Había una suavidad en aquel cuerpo que le decía que era bienvenido.

–Me parecen… atractivas –susurró ella–. He visto en los anuncios publicitarios de tu país que los hombres son poco masculinos. ¿Qué mujer querría un marido que no pueda protegerla?

Una vez más, Marc recordó que su mujer venía de otra tierra, con otra cultura, una tierra sofisticada por fuera pero con un corazón muy primitivo.

–¿Y tú crees que yo sí podría?

–A pesar de tu fachada civilizada, eres un cazador –dijo ella levantando la cabeza y acariciando con un dedo su pecho, alentando en Marc el deseo que ya sentía–. Me consideras algo de tu propiedad, y nunca dejarías que alguien hiciera daño a algo que es tuyo.

Su intuición pareció sorprenderlo. Fuera cual fuera el estado de su matrimonio, al pronunciar los votos, había convertido a Hira en su mujer y moriría protegiéndola si se daba el caso. Sumergió entonces una mano en la mata de abundante pelo y ladeó la cabeza.

–¿Y qué te parece ser mi propiedad?

–No soy propiedad de ningún hombre. Solo digo que así es como tú me ves –dijo ella entornando los ojos de gata salvaje.

–Una sutil diferencia –dijo él.

–Pero una diferencia en cualquier caso. Sin embargo, aceptaré que como tu mujer, te pertenezco –entonces hizo algo totalmente inesperado: empezó a enredar los dedos en el vello rizado de su torso–. Y, esposo, cuando nos acostemos, tú serás mío.

Vaya, vaya, vaya, pensó Marc, divertido e intrigado por la actitud posesiva de su mujercita.

–¿La princesa no quiere compartir?

–La princesa nunca compartirá. Decide –dijo ella tirándole del vello con fuerza.

–Mi tigresa –dijo él desenredando la mano con una sonrisa. Él no tenía intención de engañarla. Si le hubiera gustado tanto alternar con distintas mujeres, no se habría casado. Su padre había sido un tirano y abusador, pero él nunca había caído tan bajo.

Diez minutos después, Marc pensó que estaba a punto de volverse loco. ¿Por qué no estaba dentro del prieto cuerpo de su mujer? Estaba ahí con él, desnuda, húmeda y resbaladiza, mientras le lavaba con mimo los muslos. Su excitación saltaba a la vista pero ella había evitado mirar directamente esa parte, la tigresa posesiva se había vuelto tímida de pronto.

—Ya está bien. Estoy limpio. Te toca —dijo tomando el jabón, desesperado por poder dejar de actuar con tanta sofisticación.

—¡Pero eso no forma parte de la costumbre! —dijo ella con los ojos muy abiertos.

—Lo es en América —dijo él haciéndola girar para poder enjabonarle la espalda—. Yo también he estado evitando mis obligaciones.

El cuerpo de Hira era tan lindo que Marc pensó que estaba en un sueño. La delgada cintura que había acariciado antes, se ensanchaba al llegar a unas caderas muy femeninas que lo acunarían a la perfección cuando se introdujera en ella. Y sus largas piernas harían enloquecer a cualquier hombre.

—No me contaron nada de esto en mis clases sobre cultura americana —dijo ella mirándole por encima del hombro con suspicacia.

—Le corresponde a un hombre enseñar a su mujer, no es algo que tenga que saber todo el mundo.

—Oh —dijo ella sin mirarlo.

Marc no había dicho nada al verla desnudarse tímidamente antes de seguirlo a la ducha, aunque se había quedado de piedra al verla desnuda por primera vez. Aun después de su enloquecedora «ayuda» dentro de la ducha, no estaba dispuesto a obligarla a hacer algo para lo que no estuviera preparada, y era obvio que meterse en la ducha había requerido todo su valor.

Al ver que no la estaba forzando sino más bien la estaba dejando que se acostumbrara a su cuerpo y a su fuerza, Hira empezó a relajarse. Pero aun así, estaba lejos de poder darle la bienvenida que él necesitaba para llevarla a su cama. Como ya le había dicho, no le gustaba obligar a una mujer a hacer nada con él. Sin embargo, no tenía intención de dejarla hacer todo el trabajo en aquel juego de seducción.

Con el pelo recogido en lo alto de la cabeza, la delicada línea de la nuca quedaba al descubierto. Marc depositó un beso en ella, mostrándole que podía ser amable a pesar de haber sido acusado de lo contrario, y tuvo el placer de comprobar el escalofrío que su caricia provocaba en ella.

–¿Seré tu único amante de verdad? –le preguntó al oído apoyando las palmas de ambas manos en la pared a cada lado de la cabeza de Hira. La tenía acorralada, pero la dejaría en libertad a la más mínima señal de resistencia. Era su manera de enseñarle a no temer ni su voz áspera por la pasión ni su cuerpo tenso por el deseo.

–Sí –dijo ella con un murmullo suave como su piel.

Entonces, Marc deslizó una mano por el frontal de Hira tomando uno de sus pechos. Ella ahogó un grito y su cuerpo se tensó. Marc lo apretó ligeramente mientras sentía que la cabeza le daba vueltas saboreando el contacto con ella, su sensualidad.

–Princesa, si hacemos esto, se acabó lo de dormir en habitaciones separadas.

Silencio.

–¿Qué? ¿No te parece bien? –preguntó a continuación sin soltarle el pecho. Hira se le había ofrecido y ahora tendría que tomarlo. Nada de medias tintas. Eran marido y mujer o no lo eran.

–Si no te parece bien, lo dejamos ahora mismo –dijo él en un impulso por hacer valer el ataque posesivo que se había adueñado de él, aunque enseguida suavizó el tono–. Ya es suficiente por hoy si no estás preparada.

Su cuerpo ardía en deseos de hacerle el amor, pero podría controlarlo si ella no estaba preparada. Le había mostrado suficiente coraje acercándose a él y a pesar de su furia estaba dispuesto a darle todo el tiempo que necesitara.

–Yo… Mis padres nunca… ¿Es aceptable? –preguntó mostrándose reticente.

Entonces se dio cuenta de que había decidido luchar por algo más que un matrimonio basado en el deseo. Quería una verdadera relación.

–Yo soy tu marido y te digo que lo es. ¿Dudas de mis palabras? –sonriendo la besó en el cuello.

–No –contestó ella al cabo de una pequeña pausa, pero tampoco parecía muy convencida.

Marc se enjabonó las manos y dejó la pastilla en su sitio. Entonces se le ocurrió algo.

–¿Tengo que ponerme protección, cariño?

–No. Fui al médico antes de nuestra boda –dijo ella sonrojándose.

Encantado de no tener que parar en su exploración, deslizó sus manos desde los hombros hasta el comienzo de los muslos. Sus glúteos se tensaron bajo la caricia mientras Marc continuaba emulsionando con sus manos para crear una deliciosa espuma.

–¿Estoy muy sucia? –preguntó ella con un tono muy femenino.

Marc estaba fascinado por el trasero suave, consciente del calor que emanaba su piel y de los placeres que lo aguardaban. Voraz e impaciente, la necesidad era salvaje, pero la controló en un esfuerzo supremo. Tenía que enseñar a su princesa que ahora pertenecía al americano con quien se había casado.

–Asquerosamente sucia –susurró él–. Especialmente por delante. Tendré que prestarle mucha atención.

–Yo lo haré –dijo ella sacudiendo la cabeza con desesperación.

–De eso nada. Es mi privilegio.

–Esposo, provocas en mí sensaciones que me están haciendo enloquecer. Y tú no quieres una esposa enloquecida.

El pánico de su voz lo invitaba a excitarla aún un poco más. Rodeándola con sus brazos, apretó su cuerpo contra la espalda de ella y tomó en sus manos sus lindos pechos. En un intento por escapar, Hira pegó su cuerpo contra la mampara de cristal de la ducha y él se pegó a ella. Su miembro erecto latía entre los dos cuerpos húmedos.

–Esposo, por favor –Hira suplicaba, pero no para que la dejara sino para que completara el acto.

–¿No te gusta, *cher*? –preguntó él, y Hira se movió un poco adaptándose a él aún más–. Deja de moverte así a menos que quieras que te penetre ahora mismo.

–De acuerdo –asintió ella vigorosamente–. No tengo miedo. Has sido muy amable. Estoy lista.

–No te librarás tan fácilmente –dijo él riéndose.

–¿Por qué me torturas?

–Tal vez me esté vengando de todas las cosas malas que me has hecho –dijo él mordisqueándole el cuello de nuevo, sabedor de la reacción que aquella caricia provocaba en ella. Hira era una amante silenciosa, pero él era un hombre que había crecido entre los susurros de los pantanos. Sabía escuchar hasta el más suave suspiro de su mujer, y cómo leer la dulce tensión de sus músculos femeninos, cómo oler el aroma del deseo. Hira le estaba diciendo qué era lo que le gustaba y él prestaba mucha atención.

–¡Yo no he hecho nada de eso! –dijo ella tratando de separarse, pero él era más fuerte.

Conteniendo el deseo de reír, tomó los pezones entre sus dedos al tiempo que metía una pierna entre los muslos de Hira, lo que le arrancó un grito ahogado por la sorpresa.

–¿Estás húmeda para mí, Hira? –preguntó pellizcándole los pezones ligeramente.

–Yo… –se detuvo al tiempo que su cuerpo se estremecía.

–Tendré que comprobarlo –dijo él, y deslizó una mano desde el pecho pasando por el estómago plano hasta llegar a los suaves rizos de su entrepierna. Aunque quisiera, Hira no podía cerrar las piernas porque la postura de Marc se lo impedía. Este procedió lentamente, atento a cualquier signo por parte de Hira pidiéndole parar. Ella apretó las piernas, no para detener su avance, sino para evitar que sacara la mano.

Entre pequeños gemidos, Hira dejó que Marc acariciara con sus dedos los delicados pliegues que se ocultaban tras sus rizos y se estremeció cuando este comenzó a acariciar la sensible zona. Cuando encontró el punto que buscaba, introdujo un dedo para probar. Hira gritó mientras su cuerpo se sacudía. Marc no podía soportar más excitación.

–Sí, estás húmeda –dijo con voz ronca sacando el dedo, y Hira pareció querer seguir su mano. Marc se echó a reír y haciéndola girar entre sus brazos, dejó que el agua la cubriera–. Muy húmeda.

–Tienes que terminar –ordenó ella mirándolo con deseo.

–En un momento –dijo él sin saber cómo estaba consiguiendo controlarse. Tal vez fuera porque, a pesar de la innata voluptuosidad de Hira, realmente era una joven inocente que no sabía cómo llevarlo al límite. Pero entonces, Hira dejó escapar un sonido de absoluta frustración al tiempo que tomaba entre sus manos el miembro erecto de Marc.

–¡Ahora!

Una oleada de placer recorrió el cuerpo de Marc cuando las manos de Hira se cerraron sobre él con un movimiento tan experto que le hicieron dudar de que fuera virgen. Marc podía aceptar que fuera una mujer experimentada, pero no podía aguantar la mentira. Con un gemido, introdujo los dedos entre la mata sedosa de cabello negro y dorado y le quitó las horquillas. El pelo cayó como una cascada sobre su espalda.

–¿A quién más has tocado así?

–¡A nadie! –dijo ella frunciendo el ceño, y entonces, para sorpresa de Marc, Hira se acercó y le mordisqueó el labio inferior–. Como te he dicho antes, me estás haciendo enloquecer.

El cazador pareció tranquilizarse. Tal vez la había presionado demasiado para dar el paso. Estaba empezando a darse cuenta de que Hira era una mujer fuerte, una mujer que iba a por lo que quería, una mujer que reconocía sus errores y le pedía explicaciones.

Marc deslizó la mano para quitar las de Hira aunque ella no lo aceptó fácilmente. Entonces tomó las manos de Hira y las sujetó con una mano por encima de su cabeza sobre la mampara mientras se enjabonaba la otra y comenzaba a frotarle el pecho.

–Marc… –sollozó ella.

–Eso es, cariño, di mi nombre –dijo él dejando que el agua de la ducha se llevara la espuma para, a continuación, inclinarse un poco y tomar un pezón en sus labios.

–¡Marc! ¡Por favor! ¡Por favor! –gimió ella notando que las rodillas le cedían.

Marc quería penetrarla, quería dar rienda suelta a su excitación, pero sabía lo importante que era seducirla. Cuando la tuviera, querría saborear su pasión una y otra vez, y quería que ella también lo deseara. Entonces le soltó las manos y la levantó por las caderas. Ella lo rodeó con sus largas piernas, abriéndose a él para que penetrara en ella.

–Aún no, *cher* –dijo él, y cuando Hira abrió la boca para protestar la besó.

Fue un beso tremendamente carnal, pero, a pesar de ello, no quiso mostrarse devastador. En su lugar, siguió aumentando el deseo en ella con mordiscos y lametazos. Hira introdujo los dedos en su cabello. Por un momento, no respondió a los juegos, pero al cabo empezó a lamer tímidamente el labio inferior de Marc. Este no pudo contenerse más.

Y la penetró ligeramente. Ella intentó avanzar con su cuerpo hacia él. Marc la sujetó por las caderas.

–Bésame, *cher*. Bésame y dime que quieres tenerme dentro, que quieres que te toque allí donde nadie te ha tocado antes.

Era un sensual requerimiento hacia su inocencia, pero él realmente lo que quería era que lo acompañara, necesitaba hacerla sentir el mismo fuego abrasador que lo estaba consumiendo. Su deseo solo se vería satisfecho si ella participaba con él.

Hira dejó escapar un grito ahogado, las pupilas de sus ojos claros totalmente dilatadas. Y sin pensárselo, se inclinó hacia él y tomándole el rostro en sus manos, lo besó. Fue la ternura del acto en sí lo que lo desbarató. En menos de un segundo, Hira estaba allí, obedeciendo sus órdenes, besándolo con tanta pasión que pudo sentir cómo el deseo la recorría de pies a cabeza, incendiándolo a él a su paso.

–Esposo… –dijo acariciándole con la lengua, tímidamente pero con decisión.

Esa única palabra bastó para hacerle perder el control. Enlazando los dedos con los de ella sobre la mampara, penetró unos milímetros más. El cuerpo de Hira se estremeció pero no dejó de mirarle a los ojos.

–¿Lista?

–Sí –dijo ella con sensual determinación, los jugosos labios ligeramente abiertos.

Marc avanzó lentamente para dejar que se acostumbrara al contacto íntimo. Ella respondió estremeciéndose y la tensión de su cuerpo cedió un poco.

–¿Más? –susurró él.

–Estoy segura, esposo… Marc, te deseo –dijo ella llanamente, sin mentiras, sin dudas, solo verdadero deseo.

Pudo leerlo en su exótica mirada. Aunque tenía las

pupilas muy dilatadas, seguía con él, cabalgando la pasión. Marc se dio cuenta de que era su pareja perfecta. El deseo iba en aumento dentro de él, urgiéndolo a penetrar con fuerza y marcarla en un acto de posesión arrebatadora.

Pero apretó los dientes para no rendirse a la tentación. Su mujer era inexperta después de todo y era su obligación prepararla, tranquilizarla antes de hacerle el amor con pasión desatada.

Fue penetrando poco a poco, moviéndose lentamente hasta llegar a la barrera natural que su cuerpo virgen le presentó. Una parte totalmente primitiva dentro de él se sintió orgullosa. Era suya. Para siempre. Y le gustaba ser él quien la estuviera iniciando. Luchando contra su ser primitivo, la besó con voracidad y empujó de nuevo, esta vez con un poco más de potencia. La fina barrera presentó oposición antes de romperse. Hira clavó los dedos en sus hombros pero no se retiró.

En su lugar, le devolvió el beso con la misma fiereza. Seguro ya de ser bienvenido, empujó con fuerza hasta el fondo de su cuerpo femenino. El placer que sintió fue indescriptible. Sin soltar sus labios, deslizó una mano hacia el prieto trasero mientras acariciaba su pecho con la otra. Podía sentir las múltiples sensaciones que sacudían el cuerpo de Hira, que luchaba por controlarse.

–No te contengas, cariño. Quiero verte alcanzarlo –susurró él contra sus labios.

Pero Hira lo había oído. Cuando le acarició un pezón con dos dedos una vez más, su cuerpo se sacudió y gimió de placer al conseguir su primer orgasmo. Las paredes de su vagina se contrajeron una y otra vez acariciando en el vaivén el miembro de Marc, una íntima caricia que lo llevó a los límites de la locura, pero se contuvo lo suficiente para poder sostenerla en su primera incursión en el campo del placer.

Gimoteando de puro éxtasis, Hira afianzó el lazo que sus piernas formaban sobre las caderas de su hombre, al tiempo que le rodeaba el cuello con los brazos y ocultaba el rostro en la curva de su cuello. No quería separar su piel de la de él.

Fue la gota que colmó el vaso.

Marc comenzó a moverse más rápidamente, aumentando el ritmo y acariciando de una manera especial el sexo sensibilizado de Hira. Notó la sorpresa de esta al descubrir que su cuerpo reaccionaba de nuevo, notó que abría la boca contra la piel de su cuello y lo besaba, mientras introducía sus dedos entre su cabello húmedo. Y notó que no retrocedió ni se separó.

Su cuerpo voluptuoso aceptó de buen grado el placer que él le estaba proporcionando. Era lo único que él deseaba, pero ella le dio más. Con sus labios y sus manos y la forma en que lo mantenía pegado a ella, no solo lo estaba aceptando sino que también estaba participando activamente, diciéndole sin palabras lo que ese acto de placer significaba para ella. Fue lo último que pudo pensar antes de dejarse caer en la espiral del deseo que lo había estado consumiendo, llevándola consigo.

Capítulo Cinco

Hira no estaba segura de funcionar correctamente. Movió la cabeza con cuidado y miró al cazador que yacía a su lado en la cama. Una vez lo había considerado un hombre civilizado, pero había sido una falsa imagen. La había tomado con ímpetu dominante, controlando cada paso, y de una forma muy, muy sexual.

Incluso durmiendo relajadamente, aquel hombre pensaba que la poseía. Estaba inmovilizada bajo el peso de un brazo que la sujetaba por la cintura y una musculosa pierna atravesada sobre sus piernas.

¿Pero podía decirse que había sido hacer el amor?

No. No había sido un acto de amor. Él la deseaba pero no la amaba. ¿Y ella? No sabía qué hacer con sus sentimientos. Había estado segura de amar a Romaz, y aun así nunca había sentido el deseo de compartir el sexo con él que sentía por su marido estadounidense.

Desde el primer momento que lo vio, su cabeza se había convertido en una espiral de turbulentos sentimientos descontrolados. Girándose hacia él, le retiró el cabello oscuro de la cara, incapaz de ceder al impulso de acariciar la curva de su mandíbula.

Aquel cazador con sus cicatrices y los ojos llenos de matices la fascinaba. Nunca había visto un hombre tan magnífico, y provenía de una cultura de creencias mucho más primitivas en cuanto a hombres y mujeres que las de su tierra. La historia de Zulheil había endurecido a sus hombres hasta convertirlos en criaturas salvajes cuya confianza tenían que ganarse las mujeres con mimo.

Se preguntaba si habría juzgado mal a su marido y si le habría tratado de la peor manera imaginable. Si se parecía a los hombres de Zulheil, debería ser tratado con la misma ternura porque las criaturas salvajes no confían tan fácilmente como los animales domésticos. Lo había considerado un millonario americano sin más, pero solo era una máscara. Se parecía más a los jefes de las tribus del desierto quienes, a veces, tomaban a las mujeres por el mero hecho de que las deseaban.

De pronto, unos ojos del color de la plata envejecida la miraban.

—¿Cuánto tiempo llevas despierta?

—Horas —mintió ella.

Marc le regaló una de esas sensuales sonrisas que lograban bajar sus defensas al tiempo que rodaba hasta situarse encima de ella presionando con una tremenda erección. Lo miró con los ojos muy abiertos.

—¿Ya?

—Las primeras dos veces han sido meros aperitivos, cariño. Ahora vamos a por el plato principal —dijo penetrándola con suavidad, mucha suavidad.

Sorprendida, lo aceptó con facilidad, sin dolor, solo con un tremendo deseo. Esta vez fue más lento, sus movimientos más lánguidos para proporcionarle todo el placer. La pasión fue en aumento y Hira solo se dejó llevar, agarrándose a las sábanas mientras dejaba que su cazador la besara y lamiera sus pechos.

Marc observó el movimiento sinuoso de Hira bajo su cuerpo y no podía creer que fuera la mujer que había perdido la virginidad con él horas antes. Había sido inmisericorde con ella sin dejarla descansar entre cada orgasmo, acariciándola con pasión incoherente hasta que el día dio paso a la tarde. Pero ella había respondido. Nunca había tenido en sus manos un fuego así.

Aunque no iba a decírselo, Hira había conseguido que no tuviera ojos para otras mujeres. Su matrimonio iba a funcionar y duraría para siempre porque él no se marcharía jamás ahora que sabía lo que tenía. En la cama, era su compañera perfecta, sincera y generosa con un toque de locura. Quería sacar la parte salvaje de ella, en la cama y fuera de ella.

Dejó escapar el aliento entre los labios entreabiertos mientras Marc masajeaba los pliegues de su sexo hinchado. Con un ritmo sosegado, la acarició y besó, concediéndole la ternura que le había negado antes.

–¿He sido demasiado brusco, *cheri*?

–¿Me he quejado? –dijo ella mirándolo con sus exóticos ojos.

–Dijiste que te hacía enloquecer –dijo él sonriendo.

Hira extendió las manos y tomó en ellas el rostro de Marc que se acercó obediente para dejar que lo besara.

–Sí. Estoy loca y este es mi castigo.

Después del placentero día con su marido, Hira decidió que iba a luchar por su matrimonio. Tenía muchos defectos, pero no era mujer de romper sus promesas.

Su marido no la amaba, pensaba mientras paseaba junto a un riachuelo cercano a la casa, pero no la trataba con la falta de respeto con que su padre trataba a su madre. Eso era mejor que la vida que había imaginado que tendría la noche de bodas.

Durante las últimas tres semanas desde que admitiera su deseo por él, se había mostrado cálido y complaciente. Con alegría habían visitado el templo de un maestro vudú, un restaurante donde habían degustado cangrejos de río y habían recorrido los pantanos infestados de caimanes que Marc tanto adoraba.

Era una tierra fértil y llena de sorpresas que hechizaba a quienes la visitaban. Apreciar esa tierra vibrante no era difícil, especialmente si la veía a través de los ojos de Marc. Pero algo empañaba su júbilo. Cada miércoles y domingo por la tarde, Marc desaparecía. Al preguntarle adónde iba, se limitaba a decir que tenía negocios que tratar. Sin embargo, la semana anterior, su secretaria lo había llamado a casa, incapaz de contactar con él en el móvil.

Hira inventó una excusa pero, desde entonces, no había dejado de preguntarse adónde iba su marido cada tarde de domingo y qué hacía cada miércoles para llegar tan tarde a casa.

Aunque le resultaba doloroso, aceptó que era posible que tuviera una amante. Romaz no había estado satisfecho con ella. ¿Por qué iba a ser de otra forma con un hombre que lo superaba en todo con creces?

Se limpió las lágrimas con el dorso de la mano y decidió que no iba a sufrir en silencio. No pasaría el resto de su vida ignorando las infidelidades de su marido como había hecho su madre.

Salió del bosque, se dirigió a la casa y, de ahí, a su dormitorio. El sonido de la ducha en el cuarto de baño de la habitación le dio un poco de paz. Sabía que no debería espiar a su marido, pero no podía soportar la idea de preguntárselo, de abrir su alma de esa manera. Si le decía a la cara que tenía una amante, no podría ocultar el dolor.

Se avergonzaba de espiarle, pero lo prefería a sufrir la humillación de un enfrentamiento frontal. Necesitaba escudarse frente a Marc, algo con lo que protegerse. Había quedado claro que cuando la tocaba, la hacía suya de una manera que desafiaba toda lógica.

Alerta a cualquier sonido, tomó la chaqueta de Marc y le vació los bolsillos. Devolvió al momento la cartera y las llaves pero revisó un puñado de recibos que sacó de otro bolsillo. Aunque estuviera mal hacerlo, tenía que saber. La idea de que su marido buscara alivio en los brazos de otra mujer se le hacía insoportable.

–Gasolina –murmuró leyendo los recibos–, comida, ropa… ¿de una tienda de niños? Aparatos electrónicos, flores.

Eso era todo. Con el ceño fruncido, guardó los recibos cuando oyó que el agua dejaba de correr.

Soltando un grito ahogado, salió de la habitación y se metió en la suya. Aunque ya no había dormido en ella desde que hicieran el amor, seguía siendo su refugio.

Le gustaba sentarse en el salón cerca de Marc, sin haber planificado una escena tan doméstica. Él nunca le pedía que se quedara, pero si pasaba más de una hora sin verla, corría a buscarla. Hasta ese momento le había parecido que se comportaba así porque se preocupaba por ella. Pero no dejaba de rondarle la cabeza que el comportamiento respondiera más al hecho de que la buscaba porque la consideraba de su propiedad.

Hira se sentó en su habitación, incapaz de dejar de pensar en lo que había encontrado. La comida, la ropa y el ordenador no habían entrado en la casa. Ni tampoco las flores. Su marido nunca le había regalado flores, ni siquiera un ramillete para mostrarle su afecto. Eso no lo convertía en un rácano tampoco. Su marido era, en algunos sentidos, tremendamente generoso.

Le había regalado un pequeño deportivo para su uso a los pocos días de llegar a América y, la semana anterior, su secretaria había ido con ella de compras por las boutiques más exclusivas de la ciudad, en las que Marc había abierto cuentas para su uso. Pero nunca le había dado nada que pudiera interpretarse como un regalo romántico. Tal vez no quería que supiera que significaba para él algo más que un cuerpo y una cara.

Pero entonces, ¿a quién le había regalado las flores? Sentía que el corazón se le estaba haciendo pedazos. ¿Sería posible que su marido se estuviera convirtiendo en algo más que un amante para ella? Pensó si solo sería para él un trofeo que mostrar a la gente mientras que su corazón le pertenecía a otra mujer.

El dolor palpitaba en sus sienes al darse cuenta, por primera vez, de que su cazador americano de mente ágil y atrayentes ojos era para ella más que un marido apropiado. En su corazón, lo había considerado suyo desde la primera vez que le sonriera en Zulheil.

No sabía si lo amaba, pero sentía algo por él que nunca había sentido por otro hombre. Era su marido y no se quedaría sentada viendo cómo la traicionaba. No era un juguete con el que pudiera jugar a su antojo mientras pensaba en otra mujer.

Los últimos días habían sido una tortura, la noche pasada una humillación porque había intentado guardar las distancias con él hasta asegurarse de que no la estaba engañando. Sin embargo, Marc había hecho que se olvidara de toda dignidad mediante caricias, susurros a media voz y besos en los lugares más recónditos de su ser hasta arrancarle estremecimientos de placer.

Podía aceptar que no la amara, pero le resultaba insoportable pensar que le daba a otra mujer la clase de afecto que no era capaz de darle a ella. Tenía que saber la verdad. Pero ¿cómo?

–Hira –sonó la voz de Marc al otro lado de la puerta.

–¿Sí? –sobresaltada, se levantó y se acercó a la puerta con la esperanza de que no le pidiera que la abriera. Si la veía en ese estado, descubriría que no existía una princesa de hielo sino una mujer muy humana oculta, y no podría soportarlo, no ahora que sospechaba que su marido estaba enamorado de otra mujer. Marc sentiría lástima de su celosa mujer y eso sería demasiado cruel. En esa nueva tierra, su orgullo era lo único que tenía.

–Vístete, *cher*. Vamos a buscar la cena. Te enseñaré el mejor jambalaya de la ciudad –la voz de su marido sonaba infinitamente dulce.

–No quiero ir –contestó ella con un tono helador, pero era la única forma que conocía de protegerse.

Silencio al otro lado.

–Como quieras. No me esperes levantada –contestó él con sarcasmo.

Diez minutos después, cuando lo oyó marcharse, se dio cuenta de cómo podía descubrir la verdad. Su marido siempre salía los miércoles y los domingos. Al día siguiente era miércoles y según lo que ella sabía, no tenía intención de ir a la oficina.

Hacia las cuatro de la tarde del día siguiente, Hira se sentó al volante de su deportivo rojo. Le había dicho que salía a dar una vuelta, pero se quedó oculta tras una curva del camino, atenta a que pasara en su todo-terreno. Era vergonzoso, pero iba a seguir a su marido.

Sentía rabia y frustración porque su marido había llegado tarde la noche anterior cuando todas sus defensas estaban bajas. En la cama, la había excitado y la había hecho gemir a pesar de estar medio dormida. A continuación la había tomado con fiero deseo. No habían sido caricias impulsadas por la rabia, sino por algo más peligroso, la seguridad de poseerla como un objeto. La había llevado hasta el éxtasis erótico una y otra vez, haciéndole ver la clase de macho que se ocultaba tras el hombre civilizado. Para el cazador que llevaba dentro, ella era suya. Punto.

Cuando terminó con ella, estaba tan exhausta y saciada que apenas había sido capaz de hablar. Y por la mañana la había despertado de la misma manera, contemplando sus orgasmos hasta ver desaparecer la última sacudida.

Aunque había sentido el deseo que lo impulsaba, él no le había dado oportunidad de seducirlo. Había llevado el control de la sensual danza hasta el final.

En ese momento, apareció Marc conduciendo. Tragó con dificultad, tenía la boca seca, pero lo siguió. Como la zona que rodeaba la casa no tenía apenas tráfico, tuvo que esperar hasta que el todoterreno hubiera avanzado varias curvas. Después de más de diez minutos, entraron en una zona mucho más frecuentada, pero consciente de lo llamativo de su coche sabía que no podría acercarse mucho más.

Tensa por los nervios, perdió la noción del tiempo mientras salían de la aislada zona de los pantanos en dirección a Lafayette. Marc se quedó en las afueras de la ciudad, cerca de un gran parque, pero había demasiada gente y tráfico por las calles y Hira pudo relajarse un poco de la tensión de ser vista.

Los últimos cinco minutos se hicieron más difíciles porque las calles estaban más tranquilas y había muchas salidas y tenía que mantenerse cerca para no perderlo de vista. Finalmente, Marc giró y condujo por el camino de entrada de una enorme casa.

Aparcó unas cuantas casas más lejos, detrás de una furgoneta negra y observó la casa. Había juguetes por todas partes y un columpio. Apretó con fuerza el volante y contuvo la respiración al pensar que pudiera tener hijos.

Cuando por fin reunió el valor para acercarse a la puerta y leer el letrero que colgaba de la verja, quedó muy sorprendida al ver las palabras Orfanato para niños Nuestra Señora de la Esperanza.

¿Un orfanato?

Sin comprender nada, regresó al coche. Parecía que su distante marido no estaba saliendo con otra mujer, sino que tenía alguna relación con ese centro. Pero ¿por qué había mantenido el secreto? Encendió el contacto pero entonces un brazo de hombre se coló por la ventanilla y retiró la llave.

—¡Marc! —exclamó con un grito al girarse y ver el rostro furioso de su marido.

—¡Sal! —dijo él abriendo la portezuela.

Ella obedeció, petrificada por la ira que había en sus ojos. Al salir, no fue capaz de decir nada. Solo podía esperar sus palabras y su castigo. Por lo que sabía de los hombres, no creía que fuera capaz de dejarla salir airosa esta vez sin humillar su orgullo.

—¿Crees que no me he dado cuenta de que me seguías? –preguntó con los ojos relucientes–. ¿A qué estás jugando?

–Pensé que estabas viendo a otra mujer –admitió ella con la garganta seca. Nunca lo había visto tan furioso y fuera de control. Y parecía estar enfadándose cada vez más.

–¿Quieres ver lo que estoy haciendo? Pues ven conmigo. Veamos qué pasa cuando compruebes que no todos llevan una vida bonita y llena de caprichos como tú, princesa.

Hira no dijo que si ella llevaba una vida llena de caprichos era porque así lo quería él. Él había sido quien había abierto cuentas para ella en las boutiques más exclusivas y los estilistas más caros como si fuera un accesorio que mantener en perfecto estado, aunque pensar en ello le dolía.

Lo siguió sin rechistar y Marc la hizo entrar en el edificio de aspecto decadente. Un hombre mayor levantó la vista de su escritorio en una habitación que había a la entrada del edificio decorada por... un inmenso jarrón de flores silvestres.

–Padre Thomas –el tono de Marc era respetuoso–. Esta es mi mujer, Hira.

El hombre sonrió y se levantó.

–Querida mía, me alegra conocerte por fin –dijo el padre Thomas acercándose a la puerta con las manos extendidas.

Con profundo respeto, se acercó a él y se inclinó para que pudiera darle un beso en las mejillas. Las manos del anciano estaban cubiertas de una delgada piel pero estrecharon las suyas con la fuerza de un hombre joven.

–Es un honor, padre.

–Eres una joven encantadora. Y un alma pura.

El cumplido la hizo llorar porque, a pesar de su habilidad para saber dónde estaban, se dio cuenta de que estaba prácticamente ciego. Aquel hombre podía ver a la verdadera Hira sin quedarse en el envoltorio que formaban su cuerpo y su rostro.

–Has elegido bien, hijo mío. Supongo que querrás presentársela a los chicos. Ve con él, hija. Espero verte más a menudo por aquí.

Hira sonrió sintiendo más cariño en aquel hombre débil del que había recibido de su propio padre.

–Me verá –contestó ella volviendo hacia Marc y dejando que la guiara.

En cuanto el padre no pudo oírlos, Marc le susurró al oído:

–Buena actuación, preciosa, pero a los chicos no los engañarás tan fácilmente –dijo él deteniéndose de pronto–. Maldita sea, ¿en qué estaba pensando? No debería haberte traído aquí. Ya han sufrido bastante –añadió con una amargura en el tono que la sorprendió profundamente–. Ahora es demasiado tarde. No les hagas daño.

Pero antes de poder pedirle explicaciones por el tono, entraron en una enorme cocina. Diez chicos de diferentes edades, desde un escuchimizado niño de cinco años hasta un desgarbado adolescente de catorce, parecían estar intentando cocinar. El suelo estaba cubierto de harina, pero fue la risa infantil y la alegría que se respiraba en el ambiente lo que llamó su atención. Entonces la vieron. Y la risa desapareció.

Capítulo Seis

–Chicos, esta es mi mujer, Hira –dijo Marc. El tono que empleó estaba desprovisto de ira, pero Hira podía sentir la tensión.

Inmediatamente, Hira se dio cuenta de la cautela que había en los ojos de los niños.

–Encantada de conoceros –dijo ella con una sonrisa, pero no obtuvo respuesta, ni siquiera del más pequeño.

No se asustó, consciente de que no había razón para que los niños confiaran en ella, pero aun así, no se sintió mal. Le encantaban los niños y siempre se había llevado bien con ellos, incluso cuando se sentía rechazada por otras mujeres. Los niños no juzgaban a las personas por el aspecto, sino por el corazón.

–¿Cómo te llamas, *laeha*? –preguntó acercándose al más pequeño.

Este la miró con los ojos muy abiertos al ver que se dirigía solo a él, pero no desvió la mirada.

–Brian –susurró.

–¿Y qué estás cocinando, Brian? –preguntó ella. El niño era tan pequeño y delgado que le daban ganas de ponérselo en el regazo y darle de comer.

–Pastel de manzana… para el postre.

–Nunca he comido pastel de manzana –admitió ella.

–¿Nunca? –preguntó otro niño.

Ella se incorporó.

–No soy americana. Vuestro pastel de manzana no se come en mi país.

–¿De dónde eres? –preguntó otro chico.

–De Zulheil –dijo ella mirando al chico de cabello oscuro–. Está en el desierto. Vuestra tierra, este País Cajún, es demasiado verde. Crecen plantas por todas partes –dijo ella, que aún estaba desconcertada al ver que crecían flores entre la hierba. Todo el tiempo intentaba no pisarlas porque las flores eran algo preciado en el desierto.

–He leído sobre Zulheil en internet –dijo entonces un niño con gafas y una tímida sonrisa–. Te pareces a la gente que aparece en las fotos, pero tu ropa es diferente.

–Estoy intentando… Esposo, ¿cómo se dice? –preguntó mirando por encima del hombro, preguntándose quién le habría hecho tanto daño como para que no pudiera confiarle sus secretos.

–¿Qué? –preguntó él inmóvil como una pared, los brazos cruzados en el pecho y los ojos entornados en actitud vigilante.

Hira sonrió tratándolo con la misma ternura que a los niños. Estaba empezando a darse cuenta de que sus heridas internas eran iguales que las de todos esos cautelosos pequeños.

–Una palabra que significa que estoy intentando encajar.

–Mezclarse –dijo él entornando aún más los ojos.

–Sí –dijo ella sonriendo para sus adentros ante el gesto de advertencia de su marido. Sería divertido bromear con él–. Intento mezclarme. ¿Creéis que lo conseguiré? –les preguntó a los niños volviendo la espalda a Marc.

Aun así, podía sentir su presencia como una caricia. El vello de la nuca se le erizó, atenta a su cercanía. Su marido la había marcado y su cuerpo lo sabía. Solo tenía que evitar que lo descubriera. Si supiera lo vulnerable que era a él, se aprovecharía y no estaba lista para permitírselo, no mientras se negara a compartir con ella lo más íntimo de su ser.

–Eres muy guapa y hablas de una forma diferente –dijo uno de los niños que llevaba gafas.

Ella lo miró contenta de su sinceridad.

–No quiero ser como los demás, de todas formas. ¿Y tú?

El niño pareció pensar en ello. Hira notó que, aunque era pequeño, parecía el líder del grupo.

–No –dijo finalmente–. Solo las vainas son iguales.

–¿Las vainas? –confusa, miró a Marc, pero fue el chico más alto quien respondió.

–¡Tienes mucho que aprender! Esta noche veremos esa película otra vez porque Damian no se cansa. Puedes verla si quieres.

–No tengo ni idea de lo que estáis hablando, pero me parece bien lo de ver la película –Hira se rio al ver la sonrisa en el rostro tímido del chico–. Y, decidme, ¿cómo se hace ese pastel? Es necesario que haya harina en el suelo, ¿no es así?

Todo el mundo se rio ante la ocurrencia menos su marido. Cuando el pequeño Brian la tomó de la mano, Hira lo levantó en brazos sin importarle que estuviera lleno de harina y otras cosas.

Incapaz de poder contener la preocupación y sin querer hacerlo se dirigió a Brian.

–¿No comes, *laeha*?

–Estoy enfermo. ¿Qué es *laeha*? –dijo Brian rodeándole el cuello con sus bracitos y acurrucándose en su hombro.

–Significa «niño querido» –dijo ella acariciándole la espalda. La traducción literal era «bebé querido» pero tenía la sensación de que no le gustaría a ninguno de los niños presentes. Se acercó al banco y vio el mal aspecto de la masa–. Haré este pastel con vosotros. Vi cómo se hacía uno en un programa de televisión. Lo tomaban con helado.

–No les des ideas –dijo una voz gruñona a su espalda.

Encantada por haber provocado una reacción en Marc, abrió la boca para responder. Los chicos se adelantaron.

–Demasiado tarde. El helado es buena idea –dijo alguien.

–Vale, vale. ¿Quién quiere venir a la tienda conmigo? –preguntó, y salieron dos voluntarios.

–Esposo, ¿podrías traer también unas almendras? –preguntó ella, y pensándolo mejor añadió canela y cardamomo–. Y también cabello de ángel.

–Claro. Volveremos en un rato –dijo él sin preguntar para qué quería aquellos extraños ingredientes–. No os comáis a mi mujer –dijo mirando a los niños.

La advertencia hizo que Hira frunciera el ceño.

–Estos niños encantadores no me harán daño. No debes decir esas cosas.

Marc se limitó a levantar una ceja. Cuando la puerta se cerró, se volvió hacia los chicos.

–Mi marido cree que os comportaréis como camellos salvajes mientras está fuera. Me gustaría hacer…

–¿Que se comiera sus palabras? –dijo Damian.

–¿Qué significa eso?

–Demostrarle que se equivoca.

–Sí –asintió ella–. Sí. Siempre cree tener razón. Es muy molesto. Demostrémosle que está equivocado.

Los chicos sonrieron burlonamente y reconoció que aquellos diablillos sabían que le gustaban. En sus brazos, Brian se removió un poco hasta ponerse más cómodo. Vio que los demás miraban al niño con cierta envidia. No debían de haber recibido muchos abrazos en su vida.

Su marido los protegía, pero no era un hombre de abrazos. Incluso en la cama, muy rara vez le daba el placer de abrazarla por el simple hecho de hacerlo. Algo que ella también ansiaba, sabía lo mucho que significaba recibir caricias de afecto. Extendió la mano hacia el niño que estaba más cerca y le revolvió el pelo. No se alejó como haría cualquier niño de su edad.

–Debes de ser buena si Marc se ha casado contigo –dijo el niño mirándola a los ojos.

–O también podría ser como el dragón del cuento de la Princesa Secreta –dijo ella comprendiendo la necesidad de todos ellos de confiar en ella. Puede que su enorme marido no fuese un hombre especialmente complaciente, pero había hecho un buen trabajo con ellos, les había dado una sensación de seguridad en un mundo en continuo cambio.

Por todo ello, podía perdonarle los secretos, darle el tiempo que necesitara para aprender a confiar en ella. Como esos niños, solo bajaría la guardia cuando estuviera seguro de ella, cuando se convenciera de que era suya… en cuerpo y alma.

–¿Cómo?

–Es un cuento de mi tierra. Una princesa que era también un dragón. Os lo contaré si me enseñáis a hacer el pastel –dijo ella alejando sus pensamientos de Marc.

Uno de los niños barrió el suelo, y después la enseñaron a hacer el pastel. Brian se quedó dormido en sus brazos en algún momento de la historia. Damian se ofreció a tomarlo en brazos.

–No, me gusta tenerlo en brazos –dijo ella con una sonrisa, agradeciéndole la preocupación–. No pesa nada, y me preocupa.

–Está enfermo siempre. Creo que echa de menos a Becky.

–¿Becky?

–Su hermana melliza. Cuando sus papás murieron, trajeron aquí a Brian y llevaron a Becky a un orfanato de niñas –explicó Damian.

–¡Pero eso no puede estar bien! En Zulheil, se dice que los que nacen juntos tienen un mismo corazón. No pueden ser separados.

–Marc está haciendo algo para ayudarle.

Hira pensó que le preguntaría más tarde. Por el momento, disfrutaría de la compañía sincera de los niños y no pensaría en la profundidad de los sentimientos que aquel lugar arrancaba a su malhumorado marido.

Marc regresó con Larry y Jake y seis cubos de helado. Esperaba encontrar la cocina en el más tremendo caos, y a su princesa abrumada después de un rato con todos aquellos niños duros que habían sufrido más dolor del imaginable y aun así habían sobrevivido.

Esperaba no haber dañado la confianza que esos

niños tenían en él dejándolos a solas con una mujer que podía hacer mucho daño con solo un comentario envenenado. Claro que era cierto que ella nunca había menospreciado sus cicatrices ni sus orígenes, pero incluso después de hacerle el amor esa mañana, había una mirada distante en sus ojos.

Había deseado borrar parte de la altivez y la sofisticación para ver si realmente había una mujer de carne y hueso bajo el hielo. No quería que fuera solo un bonito envoltorio sin emociones.

Entró en la cocina llena de risas. El pequeño Brian estaba profundamente dormido en los brazos de Hira y el alto y tímido Beau estaba sonrojándose mientras bromeaba con ella. Los demás estaban reunidos a su alrededor.

Tenía harina en la nariz y los codos, y una marca de zapatos de Brian y de dedos en la falda. Cuando llegó, llevaba el pelo recogido, pero Brian la había despeinado. Tenía un aspecto desordenado, y sin embargo su rostro relucía con tanta alegría que por un momento sintió como si el corazón le dejara de latir. Era preciosa cuando se arreglaba, pero llena de manchas de cocinar y con un niño en brazos, estaba realmente devastadora.

Pinchazos de ternura se clavaron en su corazón. Aquella no era ninguna princesa de hielo. A pesar de las muchas veces que su fachada se había derrumbado, ¿cómo no se había dado cuenta de la mujer que era en realidad?

–¿Qué es eso tan divertido? –preguntó uno de los niños.

–Hira nos ha estado contando historias –dijo Damian levantando la cabeza.

–¡Y nosotros nos lo hemos perdido! –se lamentó Larry.

–No te preocupes. Os contaré más.

Marc no podía creer cómo había conseguido tenerlos a todos en la palma de la mano. La tarde dio paso a la noche y Marc estaba seguro de que la demanda de atención de aquellos niños faltos de cariño acabaría abrumándola, pero estaba resplandeciente. Más tarde, después de cenar y revisar que habían terminado los deberes, se sentaron a ver una película, una recompensa que los niños recibían a mitad de semana si se habían portado bien.

Sin embargo, al poco era evidente que no estaban disfrutando de ella. A pesar de sus intentos por aparentar tranquilidad, estaban preocupados por Brian. Apenas había comido. Cuando todos estuvieron sentados, Hira fue a la cocina y preparó algo con leche, azúcar y los otros ingredientes que le había pedido a Marc. Después se puso al niño en el regazo y trató de darle una cucharada con una mano mientras lo acariciaba con la otra.

–Vamos, *laeha*, tienes que comértelo. Lo he preparado especialmente para ti –dijo ella con su musical acento de una lejana tierra en el desierto.

El pequeño de rostro triste abrió entonces la boca y tomó la cucharada. De pronto, abrió mucho los ojos. A la segunda cucharada, no protestó. Con cuidado, Hira consiguió que se tomara todo el tazón. Con la tripita llena, se acomodó en el regazo de Hira y se volvió a quedar dormido con el dedo pulgar en la boca. Había desarrollado tal hábito después de que lo separaran de su hermana.

Marc le retiró entonces el tazón y la cuchara. Sentía el pecho henchido de orgullo.

–Gracias.

–Es tan pequeño –dijo ella mirándolo con preocupación.

–Lo sé, *cher* –susurró–. Estoy intentando encontrar a su hermana –dijo él acariciándole la cabeza antes de salir hacia la cocina.

Hira se despertó cuando Marc le quitó a Brian del regazo.

–¿Ya nos vamos? –preguntó restregándose los ojos.

–Los demás ya se han ido a la cama. Dieron las buenas noches y quieren que vuelvas pronto –dijo él mirándola con una ternura que Hira no podía comprender.

Mientras Marc llevaba al niño a la cama, ella se dirigió a la cocina para recoger, pero cuando llegó lo encontró todo reluciente. Sonriendo, vio los zapatos que se había quitado y se los puso. Cuando fue a despedirse del padre Thomas encontró el despacho vacío.

–El padre Thomas no quiso despertarte cuando fue a despedirse antes de irse a la cama –dijo Marc apoyando su mano en la cadera de Hira.

–Es un buen hombre –dijo ella girándose para mirar a su marido con rostro cansado pero feliz.

Marc le dio un beso en la frente. Fue un gesto tan alejado de su habitual pasión, tan tierno, que Hira se quedó mirándolo.

–No quiero que conduzcas hasta casa. He aparcado el coche en el aparcamiento que hay detrás del orfanato. Ya vendremos a recogerlo –dijo él sonriendo ante la expresión sorprendida de Hira.

El camino de vuelta fue rápido porque estaba exhausta. Cuando despertó, Marc la llevaba en brazos a la habitación.

–¿Me he quedado dormida? –preguntó, y Marc la miró con ojos divertidos.

–Te quedaste dormida sobre mi hombro, igual que Brian contigo.

Hira bostezó y se limitó a acurrucar la cabeza en el hueco del cuello de Marc. Apenas se dio cuenta de que la desnudó y la metió en la cama. No le puso el camisón y a continuación Marc se acostó desnudo a su lado, pero no hizo más que abrazarla toda la noche.

–Duerme, princesa –dijo dándole un beso en el cuello.

Hira sonrió complacida. Era muy agradable sentirse abrazada por su cazador.

Al día siguiente, Hira fue a buscar a su marido confiando en que podría pedirle algo que era importante para ella. A menos que hubiera imaginado la ternura de la noche anterior, parecía que había cambiado su opinión sobre ella. Se sentía feliz. Y lo encontró en el patio trasero cortando madera.

–Buenos días –dijo él mirando complacido su cuerpo oculto tras un conjunto de color verde al estilo de su país.

–Buenos días –dijo ella sonrojándose involuntariamente–. ¿Por qué cortas leña si no parece que sea necesario encender fuego en esta zona? –preguntó tratando de tranquilizarse hablando de algo mundano.

–Prefiero cortar madera a levantar pesas –dijo él, y los ojos se le iluminaron–. Le doy la madera a gente que la necesite de verdad –dijo mirando hacia el pantano.

–Comprendo –Hira se quedó pensando en el enorme corazón de su marido y empezó a retorcerse las manos–. Quería pedirte algo.

Marc clavó el hacha y la miró. Los marcados músculos de su abdomen parecieron dejarla sin habla unos segundos.

–Dispara.

–¿Por qué habría de hacer algo así?

–Lo decía en sentido figurado, princesa. Significa que adelante, di lo que tengas que decir.

–Vosotros los americanos sois muy extraños –dijo ella mirando el suelo en vez del magnífico torso de su marido–. Quiero estudiar.

–¿Quieres tomar clases? ¿Alfarería o algo así? Me parece bien.

Hira trató de convencerse de que el tono de Marc no había sido condescendiente.

Estaba segura de que ya no la veía como una mujer bonita sin intereses.

–Quiero estudiar Teoría Empresarial y Económicas. Dan clases en la Universidad de Louisiana, en Lafayette. Y ya que éste es mi nuevo hogar, había pensado que también podría estudiar algo de cultura acadia en el Centro de Estudios de Louisiana.

–Claro, princesa –dijo él riéndose.

–¿De qué te ríes?

–¿Esperas que me lo tome en serio? –dijo él dejando de sonreír–. Cariño, sé que eres muy inteligente. Dije que no te detendría y no lo haré, pero sinceramente, no creo que sepas lo que son los rigores del estudio en la universidad. Te criaron como a una princesa consentida, no para ser académica.

Debería haberse sentido contenta de que Marc no fuera a entrometerse en sus deseos. Sin embargo, se dio cuenta de que no solo quería su permiso, sino también su apoyo.

—No solo soy inteligente. Soy trabajadora —insistió—. Aprendo con facilidad. Ayudé a mis hermanos mayores muchas veces cuando se atascaban con sus estudios, pero nunca se lo dijimos a nuestro padre.

—Mira, he dicho que me parece bien. Pásame las facturas.

Era como si la estuviera despidiendo después de haberla escuchado. La rabia la cegó una vez más después de haber vivido durante años con un tirano. Hira lo empujó con su manita obligándolo a mirarla. Marc esperó verla enfurruñada, pero no fue eso lo que encontró. Hira estaba de pie delante de él, con los brazos en jarras. Estaba temblando de ira.

—¡Eres… eres un hombre horrible! ¡Me has hecho daño y ni siquiera te molestas en pedirme perdón! No quieres conocerme. No soy más que un juguete para ti. Escucha —dijo imitando la voz de la presentadora de un anuncio televisivo—, aprieta este botón y la pequeña Hira se retorcerá de placer bajo tus caricias, después tira de esta palanca y volverá a su lugar como una estúpida y linda muñeca ¡con menos cerebro que un mosquito!

Marc se quedó petrificado. Aquella no era la princesa sosegada y pacífica a la que estaba acostumbrado. Aquella mujer hablaba como si le hubieran partido el corazón y la sinceridad con la que habló impactó en él con fuerza.

Capítulo Siete

Hira se dio la vuelta con rapidez y se tambaleó. Marc la sujetó por los brazos, sorprendiéndose por la forma en que estaba temblando.

–Déjame –susurró ella y empezó a llorar.

–No llores, Hira. Por favor, no llores –dijo él atrayéndola hacia su pecho y apoyando con ternura la barbilla en su cabeza–. Lo siento mucho, *cher*.

–¿Qué significa eso que me llamas siempre? –preguntó Hira sorbiéndose la nariz.

–Es un término cariñoso –respondió él sonriendo. Algo que cada vez utilizaba más a pesar de no considerarse un hombre expresivo con sus sentimientos.

–¿Por qué eres amable?

–¿Es que no te parece que soy amable contigo? –preguntó él conmocionado.

–No –respondió ella llanamente–. Me tratas como… ¿Cómo es esa palabra que utilizó Damian con Larry ayer? –dijo limpiándose las lágrimas con fiereza–. Me tratas como si fuera boba. Me mandas de compras para tenerme lejos de ti y así poder trabajar; pides a tu secretaria que me concierte citas en salones de belleza en los que me aburro tanto que hago los crucigramas de todas esas estúpidas revistas que tienen.

Marc hizo una mueca de dolor porque sabía que tenía razón. Le había pedido a su secretaria todo eso para poder trabajar con tranquilidad en casa. Lo raro era que la había echado mucho de menos. Tomar conciencia le hizo pensar. ¿La había alejado para no aceptar que se estaba enamorando de ella?

–Te pido disculpas si crees que te he tratado como si fueras boba –dijo él haciendo que se girara para mirarla–. No creo que lo seas.

–Tal vez –dijo ella entornando los ojos.

No iba a aceptar sus disculpas fácilmente, pero se dio cuenta de que no le importaba. No quería una mujer que ocultase sus emociones como la madre de Hira hacía para aplacar el mal genio de su marido.

–¿Qué puedo hacer para que me creas?

Si no arreglaba las cosas con ella, Hira acabaría por incorporar el dolor y la rabia a su vida. Públicamente sería una amante esposa, pero en privado viviría sus sueños imposibles, una vida que nunca compartiría con él. No quería eso. La quería toda, en cuerpo y alma.

–Nada –dijo ella cuadrando los hombros–. No quiero nada de ti, esposo.

Aquella respuesta encendió su temperamento ahogando el remordimiento. Lo enfurecía la manera en que Hira se negaba a compartir las cosas con él, como si no lo considerara lo suficientemente bueno.

–Excepto mi dinero, querrás decir –dijo él–. Si no pudiera darte el estilo de vida al que estás acostumbrada, me habrías abandonado.

Pero esa vez no le arrancó ninguna lágrima. Hira palideció y apenas si encontró la voz.

–¿Es eso lo que tú consideras ser amable? Estoy aquí sola sin familia en una tierra extraña. Sabes que no tengo a nadie y por eso dices esas cosas.

Marc se enfadó aún más, pero también se odiaba por lo que le había dicho.

–Hira…

–Pensé que, tal vez, eras un buen hombre, pero eres igual que mi padre.

–Yo no soy ningún tirano –respondió él al insulto.

–Mi madre siempre tenía que pedirle dinero –dijo ella culpándole–. Claro que siempre tenía ropa cara y joyas. Padre se aseguraba de que nunca le faltaran. Teníamos que guardar una imagen que se correspondiera con el estatus de rico hombre de negocios.

Marc permaneció allí de pie, dejándola hablar con una voz suave muy distinta de la vibrante mujer que había visto en otros momentos, sintiéndose más y más despreciable a cada palabra de Hira. Antes de casarse, Marc no se había dado cuenta de que tuviera unos cambios de humor tan bruscos. Nadie había conseguido alterarlo tanto como para querer ser cruel.

–Pero siempre tenía que pedirle dinero cuando necesitaba comprar algo para ella o para sus hijos, o incluso para salir a comer con una amiga. Al ser únicas, no podía vender las joyas que le regalaba sin destruir la reputación de la familia y por eso dependía de él. Padre la miraba desde la butaca de su despacho como un pachá mientras ella suplicaba. La dejaba suplicar como si no tuviera derecho a hacerlo, sin tener en cuenta a la mujer que se esforzaba por hacerle la vida más agradable, la mujer que le había dado tres hijos a pesar de los consejos de los médicos de no tener más que uno debido a su frágil constitución. Y, aun así, la hacía suplicarle. Hasta el sirviente de menor categoría recibía unos ingresos semanales, pero no mi madre –respiraba agitadamente, y sin embargo ese era el único signo de la rabia contenida.

–De acuerdo –dijo Marc, que no se consideraba un hombre que no reconociera sus propios fallos.

–No comprendo –dijo ella mirándolo con cautela, como una criatura salvaje que hubiera sido capturada y esperara que le hicieran daño.

–Estoy de acuerdo contigo en que he sido un completo imbécil. No hay excusa para mi comportamiento –dijo él sintiéndose culpable.

–¿Por qué dices eso? –dijo ella sorprendida.

–Me gustaría no tener un carácter tan fuerte, pero lo tengo. Soy tan cruel como los caimanes que pueblan los pantanos. Pero te aseguro que no vas a tener que suplicarme nunca.

La próxima vez que fuera a Zulheil se aseguraría de que su suegra contara con una cuenta privada con fondos suficientes para poder vivir en paz. Sabía que Amira no lo aceptaría de él, pero sí aceptaría un regalo de Hira. Un regalo así sacudiría los cimientos de su relación con Kerim Dazirah, pero no le importaba lo más mínimo.

Colocó las manos en las caderas para no tocar a su mujer. No era demasiado bueno con las palabras y menos para encontrar las que una mujer necesitaba oír para perdonar a un hombre, pero cuando tocaba a Hira esta se rendía a sus encantos. Y en ese momento la tentación de hacerla suya era casi insoportable.

–Abrí una cuenta para ti cuando nos casamos a la que transfiero dinero mensualmente.

–¿Para qué es ese dinero? –preguntó ella sin exaltarse. Era cierto que le había hecho daño y que tenía todo el derecho a mostrarse desconcertada, pero quería borrar esa expresión de su rostro. No era ningún santo, pero tampoco un sádico que disfrutara viendo sufrir a los demás. Y mucho menos a su mujer.

–Es para ti. Puedes hacer con él lo que te plazca. Invertirlo, utilizarlo para estudiar, quemarlo en Las Ve-

gas, lo que quieras –contestó Marc consciente de que
Hira no estaba segura de cómo tomarse esa revelación.

–¿Por qué no me lo dijiste antes?

–Lo olvidé –contestó él, aunque lo cierto era que le
gustaba pagar las compras de su mujer, la sensación de
propiedad que aquello le otorgaba. Le gustaba saber
que lo necesitaba–. Los documentos de la cuenta ban-
caria están en mi despacho.

Marc echó a andar hacia la casa y ella lo siguió en silencio. Fueron al despacho donde Marc sacó la libreta
de ahorros y las tarjetas de crédito. Hira ahogó un grito
de sorpresa al ver la cantidad que había en la cuenta.

–¡Esposo! Es demasiado dinero.

–Soy un hombre rico –dijo él encogiéndose de hombros.

–No puedo aceptarlo –dijo ella dejando libreta y
tarjetas en la mesa.

–¿Qué? ¿Por qué? Pensé que te gustaría la indepen-
dencia.

–No he hecho nada para merecerla –dijo ella.

–Eres mi mujer –dijo él.

–Pero aun así, no hago ninguna de las tareas que
una mujer debe hacer –dijo ella mirándolo a los ojos–.
No hago nada en esta casa porque todos los días se
ocupan de ello unas personas bien cualificadas que co-
bran un salario por ello. No te ayudo en tu negocio.
No soy la madre de tus hijos –cuadró los hombros–. Mi
madre no es una mujer fuerte, pero hace muchas cosas
por las que merecer unos ingresos.

–Y tú también lo merecerás. Las cosas han estado
tranquilas en mis negocios desde que nos casamos, pero
están empezando a calentarse –frunció el ceño al pensar
en una adquisición en particular–. Cuando las negocia-

ciones tengan lugar en un ambiente informal, como en esta casa, tú serás como mis segundos ojos, oídos e incluso mis manos. Querré que conozcas hasta el más mínimo detalle y que me puedas suministrar cualquier información. No haré concesiones contigo porque seas mi mujer. Seré exigente y no toleraré errores. Esas negociaciones significan millones. ¿Crees que podrás hacerlo?

–¿Confiarías en mí para algo así? –Hira lo miró con mirada nerviosa y la voz le tembló como si no creyera lo que le estaba ofreciendo.

–Puede que me porte como un imbécil, pero no soy estúpido. No solo eres demasiado orgullosa para traicionar mi confianza, sino que eres una mujer muy inteligente –contestó Marc.

Y lo sabía. Lo había sabido desde el día que se casaron y aun así le había hecho daño. ¿Tendría miedo acaso de que su mujer descubriera un nuevo y tentador mundo académico que le hiciera olvidar a la bestia de los pantanos que tenía por marido? Desde hacía un tiempo, no dejaba de pensar si su falta de refinamiento sería una de las razones por las que su mujer mantenía las distancias emocionalmente hablando.

Le asqueaba pensar que sus motivaciones pudieran estar basadas en los celos y el miedo. Había llegado muy lejos y, sin embargo, seguía siendo el chico que una vez se acercó a la mansión Barnsworthy y declaró que, algún día, estaría en el otro lado. Ese chico había creído que había que aferrarse con fuerza a aquello que uno lograba. Solo podría dejarlo escapar si era por su bien.

–Tendrás que demostrar tu valía con los estudios, pero eso es algo que todo estudiante tiene que hacer. No he visto tu trabajo y por lo tanto no puedo juzgar cómo lo harás. Siento haberte prejuzgado antes.

–No es tan grave porque no sabes lo que puedo hacer. Comprendo que te preocupe que no entienda las cosas, pero te demostraré que sí puedo hacerlo.

Marc asintió y entonces se dio cuenta de lo rígida que estaba Hira. Pensó que, tal vez, podría confiarle también algo más próximo a su corazón.

–El orfanato está en bastante mal estado.

Hira se adaptó al cambio de tema con facilidad.

–Sí, no hay mucho espacio para criar a esos chicos.

–No –dijo él apoyándose en la mesa del despacho tratando de no parecerle tan amenazador. Si se esforzaba, podría conseguir que Hira se acercase a él. Era difícil para un hombre que nunca había confiado en nadie, pero aceptaba que quería algo más que sexo de su mujer. Quería su ternura, algo que nunca podría pedir, especialmente después de lo duro que había sido con ella.

–En unos meses, empezarán las obras de reforma de esta casa con el fin de agrandarla y que todos ellos puedan vivir aquí –continuó mientras ella lo miraba en silencio con los ojos muy abiertos–. No quiero que ninguna institución se lleve a esos chicos. Quiero crear un hogar para ellos. Pero habrá un ala enorme para nosotros solos, insonorizada.

–¿Qué ocurrirá con otros chicos huérfanos? –preguntó ella respondiéndole con una sonrisa.

–No puedo salvar a todos los huérfanos del mundo, pero sí puedo ocuparme de estos diez. Y también de Becky, tan pronto como la encontremos –dijo él deseando preguntarle qué le parecían sus planes aunque siguió hablando–. Derribaremos el orfanato a finales de este año y en su lugar se levantará un edificio más moderno. Yo lo financiaré, pero Beau, Damian, Brian y los demás serán míos. El proceso legal está casi finalizado.

Hira se acercó a él y le echó los brazos al cuello. Sin poder creerlo, Marc le ciñó la cintura disfrutando con la calidez del abrazo.

–¿Quiere esto decir que no te importa convertirte en mamá de diez chicos y una chica? –preguntó aspirando el dulce aroma de Hira. Le asombraba cuánto necesitaba a aquella increíble mujer que iba conociendo poco a poco. Le sorprendió, sin embargo, la sensación de vulnerabilidad, pero no la soltó–. Contrataré personal especializado a jornada completa, así que, si no te parece bien, puedes…

Separándose ligeramente de él, Hira lo miró y le puso el dedo en los labios.

–Siempre quise tener muchos hijos, pero mi madre tuvo siempre partos difíciles y por eso pienso que no podré tener más de uno o dos a lo sumo. Gracias por un regalo tan maravilloso, esposo.

Quedó petrificado al recordar las afiladas palabras que le dirigió en su noche de bodas. Entonces no pareció una mujer muy maternal, pero ahora se daba cuenta de que solo una mujer que adorara los niños podría haberse ganado la confianza de los chicos con tanta facilidad.

–¿Será peligroso para ti tener hijos? –y sujetándola por la espalda, posó suavemente la otra mano sobre su vientre.

Hira respondió ante la acción abriendo los ojos desmesuradamente.

–Los médicos a los que me llevó mi madre cuando tuve edad suficiente para comprender el problema, me dijeron que no correría peligro si no tenía más de dos hijos.

Marc le acarició el vientre. Apenas había empezado

a entender a su mujer y la estaba imaginando embarazada de su hijo. Al levantar la vista se encontró con los exóticos ojos de Hira. Aun a riesgo de ser rechazado después de su exhibición de mal carácter un rato antes, se inclinó sobre Hira y rozó levemente sus labios.

Una corriente eléctrica recorrió el cuerpo de ambos. Hira le clavó los dedos en los hombros mientras que Marc la besaba con más insistencia, penetrando en su boca con un gemido. Su belleza del desierto era una mezcla de azúcar y picante, fuego y hielo. Pero antes de que pudiera hacer nada más, Hira se separó de él.

Sorprendido, miró el rostro ruborizado de Hira preguntándose si habría entendido mal sus intenciones. Entonces, esta se llevó las manos a la cara y lo miró con una mezcla de inocencia y deseo al tiempo que se daba la vuelta y salía de la habitación.

Marc empezó a reírse al tiempo que sentía un gran alivio. Hira acababa de descubrir que su marido conseguía encenderla aun cuando estaba furiosa con él. Marc dio un silbido. Si tenía que vivir con eso, no le importaba. Aquello prometía largas y sugerentes noches abrazado al cuerpo de su mujer.

Despertó muy pronto a la mañana siguiente, apenas estaba amaneciendo. Hira descansaba boca abajo, la cabeza apoyada sobre uno de sus brazos. Marc tenía una pierna y el otro brazo sobre ella. La observó mientras dormía, sorprendido de estar haciéndolo. Nunca había experimentado algo así.

Había pasado la mayor parte de su niñez sin conocer la ternura. Como adulto había sido un hombre solitario… hasta la noche que vio a Hira Dazirah contemplando la luna desde su balcón. Se había enamorado de ella en aquel momento y desde el primer instante la pasión que había sentido por ella había sido imparable, pero la noche anterior algo más fuerte los había unido, algo surgido del deseo de ambos por luchar por ellos. Le desconcertaba un poco la fuerza del sentimiento, pero no quería luchar contra él.

Como si hubiera notado que la observaban, Hira abrió los ojos y bostezó. Por un momento, se quedó quieta, mirándolo, adormilada pero cómoda en aquella postura. Entonces alargó un brazo y le acarició la mejilla.

—Pareces triste, Marc. Esposo —dijo ella con una sonrisa—. ¿Puedo hacer algo para alegrarte?

Su generoso ofrecimiento le pareció muy emotivo. Nadie se había ofrecido jamás a hacer algo por el mero hecho de hacerle feliz.

—No, cariño. Estoy bien.

Cuando Marc retiró la pierna que la aprisionaba, ella se incorporó ligeramente apoyándose en un codo y le acarició la mejilla de nuevo.

—Esposo, cuéntame algo de tu niñez.

Marc no podía dejar de jugar con los mechones de su exótico cabello.

—¿Por qué quieres saberlo?

—Se dice que un hombre conserva mucho del niño que fue —dijo ella besándole la barbilla, y Marc dejó escapar los mechones de cabello.

—Eres un hombre difícil de conocer, así que podré aprender más cosas de tu niñez.

—¿Has aprendido a mentir, *cher*? —preguntó él doblando el brazo bajo la cabeza mientras le acariciaba la espalda con la otra hasta llegar al monte de sus glúteos.

Como ella no protestaba, Marc repitió la caricia con puro deleite.

–Le dije muchas mentiras a mi padre –dijo ella, y no parecía compungida por ello.

Marc arqueó una ceja.

–Como por ejemplo cuando me preguntó si le había dado a la sirvienta el ordenador viejo de Fariz y le dije que sí –añadió apoyándose en ambos codos y posando la cara en sus manos.

–¿Pero?

–Pero lo escondí en mi cuarto. Nunca entraba en él. Rayaz era joven y estaba muy consentido, pero Fariz no era un mal hermano. Nunca le contó a padre mi secreto. Además me prestaba los programas.

–¿No tienen las mujeres los mismos derechos a educación que los hombres en Zulheil?

–Así es. Cursé la educación obligatoria, pero después… Mi padre no creía en desperdiciar el dinero en enviar a la universidad a una mujer que nunca sería más que un bonito objeto en casa de su marido.

–¿Por qué no te quejaste?

–Porque habría sido la vergüenza de todo mi clan. Los dazirah son orgullosos, pero formamos parte de un clan aún más orgulloso. Se supone que se debe proteger a cada miembro. Si me hubiera quejado, habría sido como decir que el clan había fracasado en su deber.

–Es que así fue –dijo él con dureza.

–Sí, pero en otros aspectos no fue así. El año pasado consiguieron enviar a varios miembros –hombres y mujeres– a estudiar Ingeniería a Gran Bretaña. Si hubiera dicho algo, su honor habría caído en una tierra donde el honor lo es todo –dijo ella sonriéndole con un gesto de absoluta madurez–. Los que proporcionaban los fondos para esa educación habrían acabado donándolos a otras personas. Y, ahora, dime que la infelicidad de una sola mujer vale más que destruir los sueños de un montón.

–¿Y no pudiste pedir ayuda a nadie? –preguntó Marc sin poder creer que alguien tan inteligente y hermosa como ella, con un corazón tan noble, pudiera haber pasado toda una vida de soledad.

–No era muy popular en la escuela ni con mis primas cuando dejamos de ser niñas. No querían verme cerca de sus novios. Las únicas chicas que no me negaban su amistad eran las chicas guapas sin interés por el estudio, pero no podía soportarlas. Así que no, no tenía a nadie –se detuvo como dudando si compartir algo más. Y cuando por fin lo hizo, sus palabras despertaron la ira de Marc una vez más–. Los chicos sí querían ser amables conmigo, pero hasta los inteligentes siempre querían algo más que amistad.

–¿Te hicieron…? –Marc se detuvo, pero ella sacudió la cabeza inmediatamente.

–Dejé de hacer amistad con chicos desde muy joven, mucho antes de que intentaran algo más que robar algún beso.

Marc comprendió entonces cómo aquella niña solitaria tuvo que aprender a mostrarse fría para sobrevivir a las exclusiones, los murmullos a su espalda.

–Ahora tienes a alguien. A mí podrás contármelo todo.

–Sí, esposo –dijo ella con humildad.

–¿Te estás riendo de mí? –dijo él frunciendo el ceño.

–Solo un poco –dijo ella, y los ojos se le iluminaron.

Marc se inclinó un poco y la besó.

–Entonces, princesa, ¿de verdad quieres saber cosas

del chaval de los pantanos? –dijo él mordisqueando los jugosos labios.

–¿Por qué siempre dices eso? –preguntó ella.

–Porque es verdad. Crecí en los pantanos, vivía en una cabaña que apenas se sostenía en pie cuando subían las aguas. Mis padres eran alcohólicos y no se preocupaban por mí, siempre y cuando tuvieran dinero para alcohol.

–¿Y cuando no lo tenían?

Aún recordaba los golpes, el dolor y la oscuridad.

–Se divertían pegándome.

Hira emitió un grito de dolor, pero él la tranquilizó con sus manos y su voz.

–No pasaba nada. Yo corría más rápido y normalmente me escondía hasta que volvían a estar borrachos.

Hira acarició una de las cicatrices que recorrían su pecho con tanta suavidad que fue como el roce de las alas de una mariposa.

–Pero estas cicatrices no te las hiciste por correr rápidamente. Te hicieron mucho daño –la mirada de sus ojos lo animaban a contar la historia.

Se contentó con responderle y contarle algo que muy pocas personas sabían.

–De hecho, me las hicieron por ser tan rápido corriendo –dijo él con amargura–. Cuando tenía siete años, estaban desesperados por conseguir dinero y me vendieron.

Capítulo Ocho

Hira se incorporó de golpe y se sentó en la cama, cubriéndose el pecho con la sábana.

–¡Pero no se puede vender a otro ser humano! Ni en mi país ni en el tuyo.

Marc le acarició el brazo apesadumbrado por la consternación de Hira.

–No fue tan malo. Ya puedes imaginar lo que una mente depravada podría haber hecho en un niño.

–Lo sé –dijo ella con preocupación.

Los instintos protectores de Marc lo impulsaron a borrar la expresión preocupada del rostro de Hira, a evitarle cualquier sufrimiento.

–Bueno, pues nada de eso me ocurrió. La razón por la que Muddy, el hombre al que me vendieron, les ofreció dinero por mí fue que podía correr muy rápido. Los ladrones tienen que ser rápidos.

–¿Te vendieron a un ladrón? –preguntó ella abriendo mucho los ojos.

–Un viejo ladrón. Ya no podía hurtar carteras él solo, así que me llevó a Nueva Orleans y me entrenó para que lo hiciera yo. Sobre todo robábamos a los turistas que paseaban por el Barrio Francés. Estuve con él dos años y la mayoría de mis cicatrices son recuerdos de ese trabajo. Pero no todas. Algunas me las hicieron mis padres y el propio Muddy, pero las peores me las hice corriendo por las calles –y al decirlo se acarició una que partía de la clavícula izquierda y cruzaba el pecho hasta las costillas del lado derecho–. Esta me la hicieron con una navaja una vez que Muddy me envió a trabajar al territorio de otro. Y en cuanto a estas, una banda se ofendió al encontrarme en su territorio y me rompieron una botella en la cara –dijo frotándose las líneas de su rostro–. Las dos veces fueron heridas de gravedad, pero no me dieron puntos y por eso conservo estas horribles cicatrices.

–No son horribles. Ya te lo he dicho –dijo Hira poniendo su mano sobre la de él y besándolo.

–No son exactamente las marcas de un honorable guerrero –dijo él con una mueca–. Pero era muy buen ladrón.

Hira apretó con cariño la mano de Marc.

–Sí lo son. ¿Cómo podrías haber sobrevivido a esa vida sin dejar que te destruyera si no tuvieras el alma de un guerrero?

–Eres demasiado inocente para estar con alguien como yo, pero no te dejaré marchar –dijo él dejando salir a la superficie su yo más posesivo.

–¿Qué ocurrió después de esos dos años con el viejo ladrón?

–Me metí en una pelea callejera muy mala. Muddy me mandó a un lugar al que nunca debería haberme enviado, el territorio de la droga. Y acabé con unos cortes muy feos –el recuerdo era borroso porque perdió mucha sangre–. Muddy desapareció, no volví a oír hablar de él. No sé si los capos de la droga lo agarraron o simplemente escapó cuando me llevaron a cuidados intensivos. Unos policías me encontraron medio muerto en la calle.

–Pero sobreviviste –dijo ella recorriendo con sus delgados dedos las líneas del abdomen.

–Sí. Los médicos hicieron un gran trabajo. Aquellas marcas apenas se ven.

–Aun así, tienes muchas. Recibiste cortes más de una vez –dijo ella mirándolo con rabia–. ¿Qué pasó cuando te recuperaste?

–Cuando los policías me preguntaron cómo había ido a parar allí, mentí y dije que me había escapado. Así que me devolvieron a mis padres en vez de enviarme a un hogar de acogida.

–¿Por qué querías volver con tus padres? Podrían haber intentado venderte de nuevo –Hira frunció el ceño.

–Sabía que no lo harían porque yo sería su fuente de alimento.

–¿Robabas para ellos? –preguntó ella. No había desaprobación en el tono de su voz, como si respetara realmente lo que aquel niño había tenido que hacer para sobrevivir.

Marc notó cómo con esta confesión dejaba caer en las cuidadosas manos de Hira otro pedazo de su corazón.

–No, dejé de robar. Empecé a trabajar, en cualquier trabajo, y ganaba lo suficiente para tenerlos contentos. Por eso volví. Sabía que mientras estuvieran borrachos, no se preocuparían por lo que yo estuviera haciendo, mientras que una familia de acogida se habría esforzado por inculcarme disciplina.

Hira se tumbó boca arriba junto a él y se puso un brazo bajo la cabeza, la otra mano entrelazada con la de Marc.

–¿A qué te dedicabas?

–Tenía planes. Mientras estuve en el hospital decidí que no dejaría que nadie más me golpeara y para eso

tenía que ganar dinero y para ganarlo tenía que trabajar –en sus palabras era visible la determinación de
aquel niño–. A mis padres no les importaba que trabajara demasiadas horas en turnos de noche en algunas
fábricas donde los jefes pasaban por alto mi edad. Aun
así, todavía me llevé algún que otro golpe antes de que
mi cabeza se asentara perfectamente, pero finalmente
lo conseguí –uno de esos golpes se lo había dado Lydia
Barnsworthy–. Era joven pero decidido. Para cuando
me gradué en el instituto, había ahorrado treinta mil
dólares trabajando e invirtiendo lo que ganaba. Fui a la
universidad con una beca deportiva. Aunque las inver-
siones las había hecho por puro instinto sabía que la
gente con la que trabajara en el futuro quedaría más
impresionada si veían que tenía una titulación.

–Empezaste tu negocio con el dinero que habías
ganado invirtiendo –dijo Hira asintiendo, su cabellera
flotando sobre los hombros desnudos.

–Sí, y con un poco de ayuda del banco. La primera
empresa que compré era un pequeño negocio familiar
a punto de la quiebra que fabricaba unos juguetes úni-
cos. Le eché valor y la vendí cuando terminé la universidad por un beneficio suficientemente amplio como
para darme la posibilidad de adquirir una nueva empresa. A los cinco años de haberme licenciado, ya era
multimillonario.

–Y siempre lo hacías así, salvando empresas que estaban a punto de quebrar en vez de saquearlas –murmuró Hira–. El camino más difícil.

Marc se encogió de hombros un poco incómodo
ante el cumplido.

–Es la forma en que me gusta trabajar. En vez de separar, uniendo lenta y dolorosamente pequeñas partes

de un todo. Había pasado demasiados años con gente que había intentado destruirme. No podía hacerle algo así a otros.

—Eras un chico muy decidido –dijo Hira con admiración evidente en sus ojos de gata salvaje–. ¿Y cómo empezó tu relación con el orfanato?

Y para su sorpresa, Marc estaba deseando contárselo a pesar de haber pasado toda una vida guardando sus secretos.

—Conocí al padre Thomas aproximadamente un año después de volver con mis padres. Él me proporcionó un trabajo fijo limpiando la iglesia. Lo hacía al salir de la escuela. Y también me dio… esperanza –al enseñarle el valor de la compasión y la integridad–. Más tarde, cuando tuve que pedir el préstamo al banco para financiar mi negocio, él me avaló. Traté de devolvérselo en forma de acciones de la siguiente empresa que compré, pero dijo que no aceptaría dinero de uno de sus hijos.

Que el padre Thomas lo llamara «hijo» significó más para Marc que si hubiera sido realmente hijo biológico.

—Ahora veo por qué esos chicos significan tanto para ti –murmuró Hira–. Quieres darles la oportunidad en la vida que el padre Thomas te dio a ti. Eres un buen hombre, Marc Bordeaux –y un tierno beso en la mejilla selló sus palabras.

—Soy un hombre como cualquier otro –dijo él con voz áspera por la emoción.

—No, eres mi hombre, Marc. Eso debe de querer decir que has sido afortunado –dijo ella con una sonrisa.

Riéndose de buena gana, Marc se giró hasta colocarse encima de ella.

–¿Eso crees, princesa?

Le parecía que se había quitado un gran peso de encima al contarle sus secretos a aquella mujer orgullosa y dueña de una curiosa sinceridad como no había visto antes. Tal vez su Bella deseara realmente amar a su Bestia.

Menos de una semana después, Marc estaba en el porche esperando a que su mujer regresara a casa. Había salido temprano por la mañana para asistir a su primera clase y ya eran más de las cinco. A pesar de la forma en que había querido enjaularla para protegerla, y a pesar de la sensación posesiva que se apoderaba de él en lo referente a ella, había tratado de ser amable cuando salió por la mañana, porque la semana que habían pasado juntos había sido la más feliz de su desgraciada vida. Su mujer se había abierto libremente, en cuerpo y alma.

Era la primera vez en su vida que no se había sentido solo.

Hira había conseguido ir derribando, una a una, todas sus defensas y hacerse un hueco en su corazón. La vulnerabilidad que sentía era tan grande que no podía mostrarla libremente y sabía que solo ella podría calmar esa pesadumbre.

Sin embargo, a pesar de la profundidad del nuevo compromiso entre ambos, había una parte de su mujer que seguía pareciéndole inalcanzable. Y lo peor era que sabía exactamente por qué a veces reaccionaba con la cautela de un ciervo salvaje. Si pudiera, le retorcería el cuello a Kerim Dazirah. El padre de Hira era el culpable de sembrar en ella el miedo a confiar en su esposo.

En ese momento, el sonido de un motor lo sacó de sus ensoñaciones. Al segundo, vio aparecer el deportivo rojo de su mujer que se detuvo en la entrada. Dejó los libros dentro y salió corriendo hacia él. Vestida con una falda vaquera larga y una camisa blanca, el pelo recogido en una trenza, parecía un diamante perfecto.

Encantado de ver cómo corría a abrazarlo, la tomó en vilo y giró con ella haciéndola reír con burbujeante felicidad. Cuando finalmente la posó sobre el suelo, se inclinó para besarla y ella se abrió amorosamente a él.

–Me gusta la forma en que me das la bienvenida a casa –dijo ella apoyando sus dedos en la camiseta blanca de Marc, el tono de su voz áspero de pura feminidad.

–¿Has tenido un buen día? –preguntó él contemplando los labios húmedos y jugosos de Hira y deseando hacerle el amor allí mismo. Sabía que la clase había acabado hacía tiempo y tuvo que contenerse para no preguntarle qué había estado haciendo hasta tan tarde.

–Interesante pero raro –dijo ella apoyando la cabeza en su pecho–. He aprendido muchas cosas en la biblioteca, he hecho amigos –Hira sonrió sorprendida y complacida al tiempo– y he visto que los jóvenes no tienen moral.

Marc notó que se ponía tenso ante la desaprobación en el tono de Hira y la abrazó con fuerza.

–¿Y cómo lo has descubierto?

–Que estuviera casada no parecía detenerlos para ligar conmigo –dijo levantando la mano en la que llevaba el anillo.

–¿Y tú qué hiciste? –dijo él haciéndola entrar porque se había levantado una ligera brisa. Cerró la puerta tras de sí y la acompañó al sofá del salón. Se sentaron juntos, Hira jugaba con el pelo de Marc mientras posaba la otra mano sobre su abdomen plano.

–Les dije que era tuya y utilicé tu nombre. Entonces dejaron de hacerlo.

–¿Utilizaste mi nombre? –dijo él tratando de no reírse.

–Sí. Parece que les da miedo lo que podrías hacerles. No me ha costado descubrir que tienes una reputación, esposo –dijo ella frunciendo el ceño, y Marc supo que más tarde le preguntaría por el origen de ella–. Ahora estaré tranquila. Dije que… –bajó la voz–, a mi marido no le agradarían esas atenciones con su mujer.

Marc no pudo seguir conteniéndose y rompió a reír.

–¡Dios, eres increíble! –dijo tomándola en brazos y besando su linda cara.

–Me alegra que te hayas dado cuenta.

–¿Entonces qué vas a hacer cuando consigas tu diploma? –preguntó él deseoso de conocer sus sueños y ser su confidente.

–Bueno, acabo de empezar pero… he pensado que me gustaría ser profesora en la universidad.

–Serás una estupenda profesora entonces –la animó él al notar cierta inseguridad en su tono.

–¿De verdad lo crees? –dijo ella con una brillante sonrisa en los labios–. Tendré que estudiar mucho más para llegar a enseñar en la universidad. Llevará tiempo, especialmente porque tengo la intención de pasar mucho tiempo con los chicos cuando sean nuestros, pero creo que podré hacerlo.

–Confío plenamente en esa testarudez tuya, *cher* –bromeó él conmovido por la forma en que Hira compartía y confiaba en su sueño de adoptar a los chicos–.

Si no tienes cuidado, nos convertirás en una pareja respetable. ¿Me imaginas en una comida en la facultad discutiendo de teoría económica?

Hira se rió ante el tono horrorizado de Marc.

–Trataré de no domarte. Es divertido tener un marido con una reputación como la tuya.

–Cuéntame más cosas –dijo él sonriendo.

–Bueno, mucha gente me ha preguntado si era modelo, como si una mujer con una bonita cara no pudiera ser nada más.

Marc extendió la mano hacia su pelo y le deshizo la trenza dejando que los mechones exóticos cayeran en sus manos.

–Supongo que la gente piensa que eso es más glamuroso que los estudios.

–Ya.

–¿Por qué no te hiciste modelo? ¿No habría sido una salida para ti?

–Lo pensé –dijo ella acomodándose contra el cuerpo de Marc–. Sé que te resultará difícil comprenderlo porque eres de un país donde hay libertad total, pero yo soy muy anticuada. No me gusta la idea de mostrar mi cuerpo a nadie más que a mi marido. No pude hacerlo ni siquiera para escapar de casa. Habría sido como traicionar mis convicciones, rendirme a los intentos de mi padre de convertirme en una mujer que no soy. Siempre pensé que podría encontrar otra forma.

–Me gusta ser el único que ha visto tu cuerpo –susurró él conmovido por la confesión de sus enraizadas creencias, de su determinación a no traicionarlas, ni siquiera para escapar de una vida que odiaba.

–Ya lo sé. Cuando me miras sé que te alegras de haberme adquirido –dijo ella buscando con sus manos delgadas la piel de Marc.

–Los hombres no adquirimos a las mujeres. Las cortejamos –dijo él rápidamente.

–¿Y cuándo me has cortejado tú? –preguntó ella. Entonces, cuando la miró, se dio cuenta de que su mujer estaba disfrutando de poder gastarle una broma.

Con un gruñido primitivo, tomó su rostro y comenzó a besarla con toda su pasión hasta que la tuvo rendida y jadeante.

Las cosas estaban siendo demasiado bonitas para ser verdad. La vida lo había golpeado demasiadas veces para creer que la felicidad existía.

–Mi asistente acaba de traerme el correo y hay una carta para ti –dijo Marc entrando en la cocina al día siguiente. Después de levantarse a las cuatro de la mañana para atender una conferencia internacional, no tenía ganas de ir a la oficina en la ciudad. Y como Hira no tenía clase había determinado que lo haría todo por teléfono–. Es de los Estados Unidos.

–Qué raro. No conozco a demasiada gente todavía –dijo ella observando el sobre de color lila.

No puso ninguna objeción cuando Marc se puso a su lado, acariciándole inconscientemente la cadera. Estaba interesado en la carta inesperada sin saber el dolor que el contenido de aquel sobre iba a causarle.

Hira abrió el sobre y sacó una tarjeta con las palabras «Te quiero» escritas en rojo sobre fondo blanco. Marc se puso tenso, listo para pelear. ¿Quién se atrevía a mandarle una tarjeta de amor a su mujer?

–Tal vez sea de uno de los chicos. A veces me hacen

tarjetas –murmuró Hira abriéndola y al momento la cerró.

–¿De quién es? –insistió él.

–De Romaz –dijo ella con el rostro pálido.

–¿El hombre que amabas?

–El hombre que creí amar –corrigió ella–. No era quien yo creía que era.

Pero Marc no pudo evitar pensar que, en un momento, ella sintió algo por él sin haber sido coaccionada a ello, no como su matrimonio con él.

–¿Qué quiere? –su mujer tenía todo el derecho a su intimidad, pero él quería que lo compartiera con él.

–Está en el país con su nueva esposa, pero quiere visitarme –dijo ella un poco sorprendida.

–Ya veo.

–¿Qué ves, esposo? –preguntó ella levantando la cabeza, su voz suave.

Le enfurecían las agallas que había mostrado aquel tipo atreviéndose a contactar con ella a través de él.

–Una vez sentiste algo por ese hombre. Ahora eres mi mujer y por eso no irás a verle –ordenó.

Hira entornó los ojos y Marc supo al momento que había cometido un error.

–¿Me quieres decir que tú no ves nunca a las mujeres que una vez pasaron por tu cama?

–Es muy grosero viniendo de ti –dijo él parpadeando sorprendido.

–Tal vez he decidido que contigo una dama solo acabará embarrada –dijo ella mirándolo de frente, sus ojos salvajes llenos de rabia–. No has contestado a mi pregunta.

–Ojo por ojo.

–¿Realmente me consideras tan superficial?

–No –dijo él frotándose la nuca–. Pero sigo sin querer que lo veas.

–¿Por qué?

No había respuesta posible que no dejara entrever la fiera posesión que sentía hacia ella. Con los puños apretados se alejó de ella.

–Si estás decidida a verle, no puedo detenerte –dijo él con dureza.

Silencio, y a continuación Hira respondió con calma.

–Le escribiré una pequeña nota diciéndole que no me es posible verle. En cualquier caso, considero adecuado responderle.

Y diciéndolo salió de la cocina dejándolo allí solo, temblando después de la tensión, tan fuerte era su alivio.

Esa noche, ya en la cama, Hira se giró hacia su marido.

–Le he mandado a Romaz una carta diciéndole que estoy felizmente casada y no tengo ganas de verle.

Marc se volvió hacia ella, los brazos cruzados bajo la cabeza, un brillo reluciente en sus ojos plateados.

–¿Estás felizmente casada?

–Supongo que soy feliz, sí –dijo ella, que no había previsto una pregunta como esa.

–No lo dices con mucha alegría.

–No, es verdad –suspiró–. Cuando era pequeña, soñaba con el hombre con quien habría de casarme, aunque desde pequeña ya sabía que mi padre me veía como un objeto. Siempre supe que sería parte de un trato de negocios, así que no me sorprendió mi boda contigo.

–Vaya. Eso duele –dijo él inclinándose sobre ella, una expresión irónica en su rostro salvajemente masculino, un rostro que la hacía suspirar y sentir escalofríos de placer. Y cuando le sonreía de esa forma pausada tan suya…

–Creía que habías caído rendida a mis encantos –añadió.

–Bromeas porque sabes que no hablamos mucho antes de casarnos.

–Gracias por contarme lo de Romaz –dijo Marc rozándole los labios con suavidad–. Siento mucho que no pudieras tener la gran boda con la que sueñan las chicas.

–No lo sientas, esposo. Nunca he soñado con una gran boda. Siempre deseé que fuera algo íntimo y discreto aunque acabé aceptando que la intención de mi padre la convertiría en algo completamente fastuoso. Así que ya ves, me diste la boda que quería –dijo ella acariciando el grueso cabello de Marc y retirándole un mechón de la frente, deseosa de no hacerle daño. Su hombre ya había sufrido bastante.

Para su confusión, Marc se apartó de ella y extendió el brazo hacia la mesilla antes de volver a su posición.

–Extiende la mano izquierda.

Hira obedeció curiosa. Con una mano, Marc le quitó la alianza. Hira se mordió el labio conteniendo las ganas de preguntar. Su paciencia se vio recompensada cuando Marc deslizó de nuevo el anillo por su dedo. Cuando Hira levantó la mano vio que junto a la alianza había otro anillo. Un trío de joyas relucientes, dos diamantes y en el centro otra piedra.

–¿Por qué has comprado esto?

–Es el anillo de pedida que nunca tuviste. Un poco de romanticismo para ocultar la forma apresurada en que te «adquirí».

El uso sus propias palabras con sentido despreocupado le dio ganas de sonreír, pero entonces pensó si habría enviado a su secretaria a buscar el anillo y el regalo perdería automáticamente todo el encanto.

–¿Qué piedra es la del centro?

–Ojo de tigre –dijo él enlazando su mano con la de ella y besándole los nudillos posesiva pero dulcemente–. ¿No quieres saber lo que son las otras dos?

–Parecen diamantes –dijo ella sintiendo que la esperanza florecía en ella. El ojo de tigre no era una piedra que pudiera comprarse en cualquier sitio. Era una piedra de su país, tan valiosa casi como su hermana la famosa Rosa de Zulheil. Sin embargo, como su estructura en forma de prisma la convertía en una piedra difícil de trabajar, no se exportaba. La mayoría de los joyeros consideraban que no les compensaba económicamente el tiempo que tenían que invertir en trabajarla.

–Son Rosa de Zulheil en su tonalidad más clara y una diminuta llama de color rojo fuego en su interior. Pensé que quedarían bien rodeando al ojo de tigre, el color de tus ojos.

–¿Lo has elegido para mí? –preguntó ella con el corazón desbocado.

–Sí. Me puse en contacto con un joyero de Zulheil y le describí lo que quería. Y que lo quería en poco tiempo –dijo besándola de nuevo–. ¿Te gusta?

–Mucho. ¡Gracias, esposo mío! –dijo ella cautivada por los intentos de Marc por mostrarse romántico, y le rodeó el cuello con los brazos–. Eres maravilloso. Soy muy feliz –Hira estaba llena de júbilo, no por el regalo en sí, sino porque el acto había sido motivado por el deseo de Marc de hacerla feliz. Viniendo de un hombre como él, algo así significaba mucho.

–Me alegro, porque lo que tengo que decirte te hará aún más feliz.

–¿Qué?

–Tengo que volver a Zulheil en un par de días y estaré allí dos semanas para terminar de atar unos cabos sueltos en unas negociaciones que tengo con el jeque. ¿Crees que podrás faltar a clase tantos días?

–¡Sí! –dijo ella resplandeciente de júbilo, pero entonces frunció el ceño–. ¿Nos quedaremos en casa de mi familia?

–He comprado una casa para nosotros, *cher* –dijo él con una sonrisa.

–Esposo mío, definitivamente te mereces una recompensa –dijo ella con una seductora sonrisa.

–¿De veras?

–Cantaré para ti –dijo ella empujándole.

–¿Cantar? –repitió él parpadeando sorprendido. No sabía que supiera cantar–. ¿Cómo es que nunca te he escuchado cantar?

–Porque no me gustabas tanto como me gustas ahora –dijo ella con la sinceridad que la caracterizaba, y por eso sus palabras llegaron hasta donde ni siquiera las cicatrices habían llegado.

–¿Y cuánto te gusto ahora?

Ella se inclinó y depositó un beso juguetón en su nariz.

–Muchísimo. Y no es por el anillo, sino por lo que te ha motivado a comprarlo.

–¿Lo he hecho bien entonces? –dijo él tratando de

quitar importancia a la emoción que se agolpaba en su garganta.

Hira se sentó en la cama y, sin previo aviso, comenzó a cantar. Fue una canción exótica, en su lengua materna, una lengua hermosa que parecía mecerse como los árboles o las olas del mar. No tenía idea de lo que significaba, pero era muy hermosa. Su voz era pura y cristalina con un toque de seducción.

Inocencia sexy. Así era ella.

Marc dejó que la pureza de la voz lo invadiera y sintió el pecho henchido de felicidad por el regalo. Por primera vez desde la boda, sentía que su mujer lo aceptaba como su hombre.

—¿Estás dormido, esposo? —preguntó ella ofendida.

Como respuesta, Marc la tomó en brazos y la besó. Incapaz de explicar lo que sentía, intentó mostrarle lo importante que era para él. El beso se fue acelerando y al momento la sintió bajo su cuerpo abriéndose para acogerlo en su interior. La emoción que había en los ojos de Hira se correspondía con la que él sentía.

Habían ido más allá del sexo, más allá de la lujuria y el deseo, hasta llegar a un punto que ninguno de los dos había experimentado. En ese lugar, la felicidad era absoluta y el placer no solo era físico, sino también espiritual.

Capítulo Nueve

A punto de salir hacia Zulheil, Marc recibió una llamada telefónica que trastocó todos sus planes.

–Han encontrado a Becky –dijo Marc a Hira.

Con el corazón en un puño, Hira lo acompañó a ver a la niña que había sido admitida en un hospital en Lafayette. Los padres adoptivos de Becky también estaban allí muertos de preocupación por la niña.

–¿Señor y señora Keller? –preguntó Marc con suavidad. Hira notó que Marc se estaba cuestionando de nuevo la idea de reunir a los hermanos. Aquella mujer tenía los ojos enrojecidos y parecía no haber comido durante días, y su marido presentaba igual aspecto.

–¿Sí? –dijo el señor Keller levantando la vista esperanzado–. ¿Es usted un médico? ¿Se ha despertado?

–No, pero podría ayudarle.

–¿Cómo podría? –preguntó el señor Keller sin comprender–. Sé quién es usted, señor Bordeaux, pero ni todo su dinero podría ayudarnos. Se está enfermando y ningún especialista sabe por qué. Dios, mi pobre bebé. Es tan pequeña, tan frágil.

Hira se sentó en junto a la señora Keller y le tomó la mano.

–No se preocupe. Mi marido puede servir de ayuda. Díselo, Marc.

Marc acercó una silla y se sentó frente al matrimonio.

–Esto puede sonar un poco sorprendente, pero

cuando Becky fue llevada al orfanato de donde ustedes la adoptaron, fue separada de su hermano mellizo. Era la primera vez que se distanciaban.

La señora Keller dejó escapar un grito ahogado, apretando la mano que Hira le sostenía.

–¡No, no! Dios santo. Nunca dijo nada. Ni una vez.

–Conozco el orfanato en el que está Brian –continuó Marc con voz profunda. Si Hira no lo conociera, diría que se estaba mostrando demasiado calmado, pero veía la profunda preocupación que pesaba en su corazón–. Y él está tan débil como Becky. Tienen que estar juntos.

–Cualquier cosa. Haga cualquier cosa –dijo la mujer sin dudarlo–. Si tiene que llevársela de aquí para que viva con Brian, hágalo, pero salve a mi bebé.

–Por favor, sálvela. Se lo suplico –asintió el marido.

Hira notó que los ojos se le llenaban de lágrimas. No había duda de que aquellas personas querían a la niña. Mirando a Marc supo que también él lo sentía. Hira se quedó allí mientras él salió del hospital. Al rato, volvió con Brian en brazos, sus delgados bracitos enrollados en su cuello con confianza, seguro entre los brazos de Marc.

Los Keller miraron al niño y sus expresiones se llenaron de amor.

–Se parecen mucho –susurró la señora Keller–. Él está un poco más saludable. Alguien debe de haber conseguido hacerle comer.

–Le daré la receta de algunas cosas que le gustan –se ofreció Hira.

–¿A mí? –preguntó la mujer con una sonrisa vacilante–. ¿Nos dejará que nos quedemos con los dos?

–Es decisión de mi marido, pero él quiere mucho a Brian. No hará nada que pueda hacerle daño –dijo ella. Su confianza en el hombre con quien se había casado era absoluta.

Marc entró en la habitación directamente y al momento salió sin Brian.

–Se ha subido en la cama, le ha tomado la mano y ha empezado a decirle que despertara.

Los Keller se acercaron al cristal que los separaba de la habitación. No querían molestar a los niños, pero querían estar cerca.

Cuando no podían escucharla, Hira se encontró en la difícil situación de reconfortar a su distante marido, sentado en una de las sillas de plástico totalmente abrumado por la situación; ella se quedó de pie.

–Está bien, esposo –dijo ella acariciándole la cabeza–. Has encontrado a Becky a tiempo –dijo Hira pensando que había conseguido salvar a los dos niños.

–Está muy mal –dijo Marc sin emoción alguna en sus palabras.

–Pero está viva. Eso es lo que importa. En mi país, los sanadores creen que los espíritus de los enfermos pueden oír las oraciones de los vivos. Tenemos que llevarla a casa.

–¿De verdad lo crees? –dijo él levantando la cabeza.

–Con toda mi alma.

Para su sorpresa, le rodeó la cintura con sus brazos y apoyó la cabeza en su vientre.

–Brian morirá también si no se despierta.

–Pero él cree que vivirá –dijo Hira acariciándole la cabeza, rezando por los pequeños y también por su marido. Marc era un buen hombre. No se merecía tanto sufrimiento.

–Es un niño.

–Tal vez, pero hay una conexión entre ambos que

nadie puede ver. Hay quien dice que los mellizos son dos partes de una misma alma. Si eso es cierto, debemos rezar con más ímpetu –dijo ella esperanzada de poder reconfortar a su fuerte marido. Por una vez, él la necesitaba a ella por algo más que por su hermosura.

Para sorpresa de todos, Becky recuperó la consciencia dos horas más tarde. Los Keller no podían ocultar su felicidad, y la señora Keller acunaba en sus brazos al pequeño Brian como si no quisiera soltarlo. Aunque le dolía, Hira vio que el pequeño se sentía bien en sus brazos, como si supiera lo mucho que aquella mujer quería a su hermanita y que pronto también lo querría a él.

–Pertenecen a los Keller –le dijo a Marc cuando regresaron a casa esa noche.

–Sí. Mañana comenzaré el papeleo para que puedan adoptarlo. Me voy a dar un paseo.

–¿De noche? –preguntó ella preocupada.

Sin responder tomó la chaqueta del armario. Desesperada por hacer algo, Hira hizo lo mismo.

–¿Adónde te crees que vas? –gruñó él.

Nunca lo había visto tan inasequible, pero sabía que nunca la necesitaría tanto como en ese momento.

–A dar un paseo.

–Quiero estar solo –dijo él acercándose a ella.

–Esposo, si te vas no podrás evitar que te siga.

–Tú te quedarás aquí –dijo tensando la mandíbula.

–¿Y crees que voy a obedecerte?

–Necesito… –su mirada era de absoluta desolación.

–Necesitas quedarte en casa y dejar que tu mujer comparta tu dolor. También es mi dolor.

Hasta respirar le dolía. Marc no era un hombre que

amara fácilmente, pero amaba a Brian y de eso no tenía duda. Y, en ese momento, se le estaba pidiendo que cediera una de los preciados pedazos de su alma.

Hira pensó que saldría de la casa incapaz de aceptar su ternura, pero entonces Marc la abrazó con tanta fuerza que apenas la dejaba respirar. Pero ella le dejó hacer y le rodeó el cuello con sus brazos prometiéndose que pasarían juntos por ello. Ya no estaban solos.

Una semana más tarde, Marc permanecía en la puerta del hospital junto a Hira observando cómo los Keller se alejaban llevando consigo a los dos hermanos. Hasta los burócratas se habían dado cuenta de que no podían estar solos. Marc sentía que le habían arrancado el corazón, pero sonreía. No podía dejar que nada destruyera la alegría de los niños.

Cuando el coche desapareció, se fundió en un abrazo con Hira y ella le acarició la espalda. A pesar del dolor que sabía que también ella sentía, estaba tratando de reconfortarle. Su generosidad le había hecho olvidar sus antiguas ideas sobre las mujeres hermosas y sus corazones de hielo.

–Vamos a casa –susurró con voz áspera por el dolor. Hira asintió contra su pecho.

Sin embargo, su casa no fue el lugar tranquilizador que había esperado. Hira desapareció mientras él aparcaba. Enfadado por haberlo acostumbrado a necesitarla y que después desapareciera cuando más la necesitaba, se dirigió hacia la puerta para dar una vuelta por los pantanos.

Entonces escuchó los sollozos que provenían de una pequeña habitación de invitados que nunca usaban.

Inspiró con fuerza antes de girar el pomo y entró. Le costó un poco encontrarla. Estaba sentada en un rincón, abrazándose las rodillas y oculta tras la cascada de su pelo negro y dorado.

Pensó que, tal vez, sería mejor dejarla a solas con su dolor, pero algo se lo impidió. Era su mujer la que estaba sufriendo. Nunca podría dejarla así, igual que ella no lo había dejado solo la noche que regresaron del hospital. Entonces se acercó.

—¡Vete!

—No —dijo él obligándola a apoyarse en su pecho—. Puedes llorar todo lo que quieras, pero hazlo conmigo.

—No utilizo las lágrimas para salirme con la mía —dijo ella golpeándole el pecho con el puño.

—No —reconoció él, su orgullosa mujer nunca había hecho algo así, pero parecía que no confiaba lo suficiente en él como para mostrar su vulnerabilidad. Y eso tenía que cambiar—. No me gusta que llores a solas.

Hira no replicó. Se quedó allí llorando en silencio contra el pecho de Marc. Ella la abrazó hasta que no le quedaron más lágrimas y los pájaros fuera dejaron de trinar porque era hora de ir a dormir.

—¿Mejor? —preguntó Marc limpiándole las lágrimas con suavidad. Sabía que sus manos no eran suaves. Había salido de los pantanos, pero seguían llamándolo. Sentarse tras una mesa de despacho seguía siendo algo extraño para él.

Ella asintió y giró la cara para facilitarle la tarea que él aceptó complacido. Era una muestra de confianza. Tal vez, pensó de pronto, aquellas lágrimas significaran algo más que aceptación o rechazo de su ayuda.

–Había empezado a considerarlos míos –dijo ella apenas en un susurro.

–Yo también, *cher*, yo también.

–Aunque serán felices con los Keller. Son buena gente –dijo ella rodeándole el cuello con sus brazos.

–Comprobé sus antecedentes tres veces. No tienen problemas en su matrimonio, no hay indicios de violencia. Adoran a los niños, pero no pueden tener hijos –dijo él–. Brian y Becky representan sus sueños de ser padres. La gente cuida con tesón aquello con lo que sueñan.

–Sí –asintió Hira–. Hay que cuidar los sueños.

–¿Por qué lloras a solas? –preguntó. «¿Por qué no me necesitas tanto como yo a ti?».

–Mi padre hacía llorar a mi madre por diversión. Juré que no dejaría que nadie me humillara así.

–Pero yo nunca... –Marc no pudo terminar la frase por lo dolido que se sentía.

–¡No, Marc! No quise decir... Lo sé –dijo ella tomando en sus manos el rostro de Marc y mirándolo con sus ojos de gata–. Sé que tú nunca me harías algo así.

–¿Entonces por qué?

–Instinto –dijo ella–. Nunca he tenido a nadie a quien acudir –respondió. Fue una respuesta simple, pero que dejaba al descubierto años de soledad y dolor. Esos hábitos no desaparecían de la noche a la mañana.

–Llorar a solas no es bueno –dijo él recordando las lágrimas que antes habían empañado sus lindos ojos. No le gustaba la idea de que Hira tratase de ocultarle sus sufrimientos por culpa de su pasado.

–¿Alguna vez lloras? –preguntó ella.

–No –dijo él pensando en la losa que llevaba en el corazón tras la pérdida del niño que consideraba suyo.

–Eso tampoco es sano.

–Soy tu marido. ¿Acaso no se supone que las mujeres de Zulheil tienen que seguir las órdenes de sus maridos?

–Solo las leyes antiguas estipulan eso. He empezado a explorar los caminos que mi padre me prohibía. Y dicen que una mujer puede desobedecer a su marido por una buena razón.

–Vale, vale –dijo él con una sonrisa–. ¿Te vas a convertir en una americana?

–Puede que sí, en parte. ¿Te desagradaría?

–Tengo la sensación de que, aunque fuera así, te daría igual –dijo él riéndose.

Una pausa.

–Podrías hacerme la vida difícil –dijo finalmente.

–*Cher*, te hago la vida muy difícil, ¿para qué cambiar? –su intención era hacerla reír, pero guardó silencio–. Vamos. No soy tan malo, ¿o sí?

–No eres cruel –dijo ella–. Como marido, eres más de lo que podría haber deseado, pero yo no te habría elegido si se me hubiera dado la opción.

–Ya veo –dijo él sintiéndose dolido–. ¿Y por qué?

–Porque no puedes darme lo que más deseo.

–¿Y qué es eso?

–Un amor que no abunda en el mundo. Un amor que no flaquee cuando sea vieja y tenga arrugas, cuando ya no sea la mujer hermosa que fascina a los hombres. Un amor que me haga sentir querida aunque enferme. Eso es lo que más deseo.

La declaración lo golpeó con dureza. Había puesto en palabras lo que él siempre había deseado y nunca había sido capaz de articular.

–¿Has experimentado alguna vez un amor así? –preguntó él.

–Es lo más maravilloso del mundo.

–¿Romaz?

–No –se apresuró a decir ella, y Marc sintió un gran alivio–. Fue un amor de adolescente. No, nunca lo he experimentado y quizás no lo haga nunca, pero lo he visto en el jeque y su mujer.

Marc estaba de acuerdo. Había algo entre Tariq y Jasmine que hacía palidecer a las propias estrellas.

–¿Y por qué crees que yo no seré capaz de darte algo así?

–Esposo, sé que tienes algo en contra de las mujeres hermosas. No soy estúpida. Sé que te casaste conmigo para mostrar al mundo que eras dueño de algo hermoso –dijo ella sin vanidad–. No te discutiré que me siento querida y me tratas con respeto, pero no puedo olvidar que me elegiste como trofeo, como si fuera un objeto. Accediste al deseo de mi padre de casarte conmigo aunque solo sabías cómo era físicamente. Lo he intentado, pero no consigo pasar por alto que mi valor está en mi físico.

–Es una ofensa grande –dijo él vibrando de rabia. Tal vez, su matrimonio hubiera empezado con mal pie, pero nunca la consideró un objeto.

–¿Y puedes decirme que no es cierto?

–Sí, claro que puedo. No te veo como un objeto. Eres la mujer que consiguió convencer a Brian para que comiera, la mujer que me abrazó y dio fuerzas cuando Becky estaba en el hospital. Lees enciclopedias en tu tiempo libre, ves videos musicales en la tele cuando crees que no estoy mirando y eres tan adicta al sorbete de fresa que tengo que asegurarme de que haya una caja en el congelador cada tres días.

Hira lo miró con los ojos muy abiertos.

–No te veo como un objeto –continuó–. Te veo como una mujer distinta a todas las que he conocido –dijo Marc desafiándola a contradecirle.

–¿Pero te habrías casado conmigo si hubieras sabido de mi amor por los libros y la economía? –insistió ella, segura de que él quería una mujer hermosa, no una mujer inteligente.

–*Cher*, me alegra que seas una mujer inteligente. Al principio, pensé que había sido víctima de mis hormonas casándome contigo y que me aburriría en menos de una semana. Pero hagas lo que hagas, nunca me aburro contigo.

–Ya veo. Te he juzgado mal, esposo. Lo siento –dijo ella dejando que el fuego de la esperanza caldeara su corazón. Podía confiar en él todos sus sentimientos porque él la amaría.

–No –dijo él–. Tenías razón en una cosa. Quería mostrar al mundo que podía poseer a alguien como tú.

–Ya veo –repitió ella sintiendo un frío que congelaba su esperanza.

–No, no lo ves –dijo él suspirando y apoyando la barbilla en su cabeza–. Supongo que mereces saberlo, después de todo lo que has tenido que soportar conmigo. Crecí siendo muy pobre. Al ser de Zulheil, no puedes imaginar la clase de pobreza que es. Buscaba con desesperación comida, conocimiento, todo. Antes de conocer a Muddy, tuve que robar para poder comer.

Hira sufría por la niñez que había tenido que vivir Marc. Su orgullo era una parte tan importante del hombre que era que una mancha en su honor le dolería terriblemente.

–Me duele que tu madre no se preocupara por ti. No puedo comprenderlo.

–Sí, bueno, era tan mezquina como él. La mayoría de las cicatrices de la espalda se las debo a ella. Cuando era demasiado pequeño para huir, solía pegarme hasta levantarme la piel de la espalda.

–¡Ninguna madre haría algo así! –exclamó Hira poniéndose de rodillas, mirándolo a la cara–. No, esposo. No me digas...

Marc se quedó muy sorprendido al ver la angustia en los ojos de Hira.

–Ya no importa. Pertenece al pasado –dijo él.

–Pero, por fuera y por dentro, llevas las cicatrices de ese tiempo –dijo ella tomando su rostro en sus manos.

–Supongo que sí. Pero no te preocupes.

–Me preocuparé si quiero. Dime por qué no te gustan las mujeres bonitas –dijo dándole un beso.

–¿Por qué pensé que te conformarías? –dijo él devolviéndole el beso–. No es una historia muy original. Era un chico pobre pero listo y atlético. Tenía varios trabajos. Uno de ellos como jardinero y limpiacoches para la familia más rica de la zona. Me enamoré de Lydia Barnsworthy y le pedí una cita. La confianza en mí mismo nunca ha sido problema para mí.

–¿Una cita?

–Para ir al baile del instituto. Lydia aceptó, pero cuando llegó el día y me presenté en su casa, había salido con otro. Y se aseguró de que todo el mundo supiera lo que había hecho.

–¿Cómo era esa Lydia?

–Esbelta, rubia y de hielo por dentro –dijo él.

–He visto una foto suya en una revista de moda –dijo Hira, y lo sorprendió al añadir–: Es muy guapa... para quien le gusten las mujeres frías.

–Pero no tiene nada que hacer contigo –dijo él conteniendo la sonrisa–. Tú eres la mujer más sexy que conozco.

–Así que querías mostrar a los Barnsworthy y a otros que podías aspirar a tener una mujer hermosa –dijo ella trayéndolo de nuevo a la realidad.

–Es una forma de decirlo, pero suena muy de adolescente –se quejó él–. Aunque es parte de la verdad. La segunda parte es que, cuando te vi, te deseé. Sin razón aparente. Solo supe que tenías que ser mía. Y te tomé.

Hira lo miraba sin saber qué pensar. Entonces entornó los ojos.

–Pero nunca me has presentado a toda esa gente. ¿No soy lo bastante buena?

–Me he dado cuenta de que no quiero ir presumiendo de esposa. Eres solo para mis ojos –aseveró.

–Esposo, eso suena muy… posesivo.

–Sí –contestó él llanamente. Lo cierto era que en lo referente a su mujer, era muy posesivo, tanto que no quería compartirla con nadie y menos aún con la gentuza que se reunía en esas fiestas llenas de glamour.

Lamentablemente, fue como si al pensar en ello, el azar quiso que se celebrara una de esas fiestas a las que no podía negarse a asistir. Habían retrasado sus planes de viajar a Zulheil y no podían negarse a asistir a la cena que daba un importantísimo hombre de negocios de la zona.

–Tenemos que asistir –le dijo Marc a Hira la noche antes de la cena, mientras se quitaba la camisa–. Respeto a Artie y lo ofendería si no asistiera, cuando sabe que todavía estamos en la ciudad.

–Me parece bien, esposo –dijo Hira cerrando el libro y poniéndolo en la mesilla–. No me importa asistir a esos actos. Es una de mis obligaciones como tu esposa.

–Para mí también es una obligación. Al menos contigo será más llevadera –dijo terminando de desnudarse.

–Ven a la cama, esposo –dijo ella extendiendo los brazos.

Marc se acercó decidido a terminar de decir lo que tenía que decir.

–Quiero prevenirte de que la gente que acude a esas fiestas te apuñalará por la espalda si les das la más mínima señal de que eres vulnerable.

–¿Vulnerable? ¿Yo? –dijo ella exagerando–. Yo soy una mujer de hielo, esposo.

–Lo había olvidado –dijo él junto a la cama deseando empezar a hacerla gritar de pasión–. Eres tan excitante.

Pero en vez de acomodarse y dejase hacer, Hira se colocó frontalmente a su miembro erecto.

–¿Excitante, eh?

Y su cuerpo empezó a temblar cuando la vio descender y tomarlo entre sus labios.

Capítulo Diez

La fiesta fue como él había supuesto. A excepción de unas cuantas personas a las que respetaba, el reluciente salón estaba repleto de debutantes que comían y se acostaban con los maridos de otras mujeres y con las mujeres de otros maridos. Ninguno de ellos se atrevió a acercarse a Marc porque era conocido por su poca amabilidad, pero sí notó la forma en que miraban a su mujer.

—No te alejes de mí —le advirtió.

—Sé manejarme en esta agua —dijo ella mirándolo divertida—. Estoy acostumbrada a que me miren.

—No dejes que te hagan daño o verán mi peor cara —dijo él.

—Sí, señor —contestó ella risueña.

A pesar de sus palabras, se mantuvo cerca de Marc la mayor parte del tiempo.

—Voy a empolvarme la nariz —le susurró hacia el final de la velada.

Marc asintió y observó cómo se alejaba. Estaba preciosa. Los otros hombres no habían dejado de mirarla en toda la noche pero, atemorizados por su expresión altanera y fría, ninguno de ellos se había atrevido a acercarse. Tuvo que ocultar una sonrisa. Su mujer estaba muy lejos de ser fría, pero sabía como simularlo.

Entonces cayó en algo más. A pesar de su belleza imponente, Hira había estado un poco tensa toda la noche. Era algo apenas apreciable, pero no para él que la conocía bien. Tendría que preguntarle después y se ocuparía de tranquilizarla. Sonriendo para sí volvió la atención a la fiesta.

Quedó atrapado en una conversación con el invitado de honor durante diez minutos y Hira no aparecía por ningún lado. Por intuición se dirigió hacia el vestíbulo en el que se encontraba el aseo de señoras. Entornó los ojos cuando vio salir a Lydia con una sonrisa de suficiencia.

–¡Querido! –sus ojos azules se iluminaron al verlo al tiempo que se inclinaba para darle un beso en la mejilla. A su espalda, una familiar figura apareció.

–¿Qué demonios te crees que estás haciendo? –dijo él, que odiaba ser manipulado y menos para hacerle daño a su mujer.

Lydia se balanceó un poco sobre sus altos tacones.

–Pero, Marc, nuestra relación…

Marc había tratado de mostrarse como un caballero, pero cuando vio el dolor en los ojos de Hira, dejó de contenerse.

–La última que te vi, me estabas enseñando los pechos y preguntándome si quería probarlas. Creo que rechacé la invitación y te dije que se los enseñaras a ese viejo con el que te casaste, ¿no es así?

–Malnacido –dijo Lydia palideciendo.

–Puede, pero soy honrado. ¿Por qué demonios iba a estar interesado en ti cuando me he casado con una mujer que te hace sombra? –y diciéndolo se acercó a Hira, que aceptó su cercanía sin dudarlo–. Por cierto, si te pillo alguna otra vez difamándome delante de Hira, me aseguraré de que la cinta en la que quedó grabada tu «proposición» llegue a manos de tu marido.

–Mientes –dijo Lydia temblorosa.

–¿Crees que confío en ti? –dijo él. A continuación, miró el rostro callado de Hira y se dirigieron a la salida.

Encendiendo la luz de su dormitorio, Marc se volvió hacia Hira. Esta no había dicho una palabra en el camino de vuelta y él no había querido presionarla, aunque su carácter incendiario pujaba por salir a la superficie y preguntar qué le había dicho. La hizo entrar y cerró la puerta.

–Ahora, dime qué mentiras te ha dicho esa zorra –dijo él arrinconándola contra la pared y acariciándole la nuca.

–¿Cómo sabes que son mentiras? –preguntó ella desafiante.

–Porque Lydia no sabe lo que es la sinceridad –dijo él apretándose contra ella aún más.

–Deja de darme órdenes –dijo ella–. Y apártate.

–No –dijo él. Sabía que le habían hecho daño y quería saber por qué había dejado que lo hicieran.

–No te estás comportando como se supone que un estadounidense tendría que hacer –dijo ella sorprendida por la actitud intransigente de Marc.

–¿Y cómo me estoy comportando?

–Como un jefe de una tribu del desierto. Son conocidos por ser hombres muy primitivos.

–¿De veras, *cher*? Entonces será mejor que empieces a hablar porque los hombres como yo no somos especialmente pacientes –dijo él mirando con lujuria sus labios jugosos, y se inclinó para besarla.

Ella entreabrió los suyos invitándolo. Con la mano

libre, Marc empezó a explorar el pecho de Hira. Le bajó el tirante y exploró más a fondo, por debajo del vestido.

Hira dio un respingo, pero le rodeó el cuello con los brazos. Marc frotó entre sus dedos el pezón y rompió un momento el beso para preguntar:

–¿Qué te dijo?

–¿Estás tratando de seducirme para hacerme hablar? –preguntó ella con ojos adormilados aunque era dueña de todos sus sentidos.

–Sí –dijo él jugueteando con su pezón–. Y te aseguro que soy un negociador sin escrúpulos.

–No, solo eres decidido –dijo ella sonriendo con voluptuosidad–. Lydia dijo muchas cosas pero, resumiendo, dijo que sentías haberte casado conmigo porque estabas enamorado de ella y que le habías suplicado que se acostara contigo a pesar de que estaba casada.

Marc notó que la ira burbujeaba en su interior. Introdujo los dedos en la mata sedosa de cabello de Hira.

–¿Y la creíste? –le enfurecía que tuviera una opinión tan baja de él.

–No. Estaba dolida porque me recordó que, a pesar de todo lo que has dicho de que me consideras más que una cara bonita, sigo siendo un trofeo para ti como Lydia para su marido. La mayoría de las parejas de la fiesta estaban formadas por importantes hombres de negocios casados con hermosas y jóvenes mujeres que paseaban de sus brazos como adornos. Y yo encajaba perfectamente.

–¿Un trofeo? –repitió él perdiendo el control, aunque consiguió que su voz fuera suave. Se había sentido preocupado al verla sufrir y lo que más deseaba en el mundo era conseguir entenderla y ganarse toda su confianza, pero ella seguía pensando que la consideraba un trofeo.

Marc pensó que había llegado el momento de demostrárselo de la mejor manera que sabía.

—Enrolla las piernas en mi cintura.

—¿Qué estás haciendo, esposo? —dijo ella obedeciendo.

—Demostrarte que puedes ser muchas cosas, pero no un trofeo. Los trofeos se dejan en una estantería para ser admirados. Yo te quiero en mis manos. Deseo tocarte, complacerte y poseerte, sí, pero de una forma muy distinta —dijo él subiéndole el vestido y quitándole las medias.

—Esto es… —Hira ahogó un grito de sorpresa al notar cómo Marc utilizaba ya sus dedos para comprobar si estaba lista. Bastaron unas cuantas caricias para dejarla húmeda y caliente.

—Sí, *cher*. Eso es.

—Deja de hablarme como si fuera un caballo —dijo ella golpeándole los hombros con los puños.

—Pero, cariño, es que respondes muy bien a la más mínima caricia —dijo él deslizando un dedo en su vagina, suavemente a pesar del deseo que se estaba despertando en su propio cuerpo.

Hira gimió y se sujetó en los hombros de Marc. Cuando abrió los ojos, eran dos pozos insondables llenos de misterio. Sus labios se unieron.

—¿Me muerdes, Hira? —dijo él sonriendo—. Eso no está bien —y con estas palabras introdujo un segundo dedo en su sexo.

Los ojos de Hira centellearon al tiempo que contraía las paredes de la vagina alrededor de sus dedos.

—Te haré pagar por esto, Marc.

Marc empezó a besarle el cuello, consciente de lo sexy que estaba Hira con el vestido puesto aunque dejando ver sus pechos, el pelo suelto sobre los hombros y sus largas y sedosas piernas abrazando su cintura.

Sacó los dedos y se bajó la cremallera de los pantalones. Sin dejar de mirarla a los ojos, penetró en ella y empujó. Ella dejó escapar un grito ahogado de placer y parpadeó.

–¡Muévete! –le ordenó Hira sin aliento.

Y él obedeció. Una y otra vez, hasta que perdió la noción del placer puramente erótico de la escena y sintió que su cuerpo ardía en llamas.

Hira se preguntaba cómo nunca nadie le había dicho lo erótico que era que un hombre vestido te hiciera el amor cuando tú estabas casi desnuda. No podía recordar cómo habían llegado a la cama, pero allí estaban, ella desnuda y él totalmente vestido. Marc estaba tumbado boca arriba tapándose los ojos con un brazo.

Con cuidado, se sentó y lo miró. Estaba contenta. La noche pasada algo fundamental había cambiado en su opinión de su matrimonio y necesitaba tiempo para asimilarlo. Su marido se había comportado como un hombre molesto por algo que había hecho su mujer, en vez de como un hombre enfadado con la mujer que había adquirido como un objeto decorativo.

Era una sutil diferencia. El primer caso era una cuestión de emociones; el segundo, de lógica. Y la forma en que habían hecho el amor no había sido lógica. Había sido algo descontrolado a pesar de que Marc era un hombre reconocido por su frialdad hasta en los momentos más tensos.

Marc se removió y extendió el brazo. Hira supuso que debía de estar incómodo. Hira extendió el brazo y le quitó la corbata. Marc parecía no reaccionar. Envalentonada, consiguió quitarle la chaqueta y la camisa. Mordiéndose el labio, hizo lo mismo con los pantalones y los calcetines, dejándolo solo con los calzoncillos negros. Todavía dormido, se giró sobre el estómago y Hira no pudo evitar acariciarle la espalda.

El reloj marcaba las dos de la mañana, pero tenía hambre. Con sumo cuidado, lo tapó con una ligera manta, depositó un suave beso en su cuello y se puso la camisa blanca que acababa de quitarle a Marc antes de bajar a la cocina.

Tras un segundo de silencio, Marc abrió los ojos. Gruñó al tiempo que se giraba en busca de una postura más cómoda para su miembro erecto. Después de la niñez que había tenido esperando un golpe en cualquier momento, tenía un sueño ligero. Se había despertado a la vez que Hira, pero había fingido dormir para ver qué hacía ella. El resultado era que había descubierto que ser desnudado por una mujer ya desnuda, cuyos pechos se balanceaban sobre él a cada movimiento, era una absoluta tortura.

No había querido hablar con ella porque no estaba seguro de cuál iba a ser su reacción ante lo que había pasado unas horas antes.

Le había resultado conmovedor el beso que le había dado antes de marcharse y la forma en que lo había arropado. Desde luego no podían ser los actos de una mujer enfadada, ni tampoco los de una mujer que lo consideraba una obligación. Ya sabía que su mujer tenía un gran corazón, pero hasta ese momento no había sentido la fuerza que lo movía.

Retiró la manta y fue a buscarla. La encontró en la cocina comiéndose una rebanada de pan con mantequilla de cacahuete. Abrió muchos los ojos al verlo, pero él no se detuvo hasta estar a su lado. Inclinándose, mordió el otro extremo de la rebanada.

—¿Tienes hambre, esposo? —dijo ella tragando.

—¿Por qué te has puesto una camisa para bajar? —preguntó él asintiendo.

Hira dio otro mordisco y le ofreció el resto. Esperó a que lo hubiera mordido todo y se giró para sacar otra rebanada. Otro ejemplo de su naturaleza generosa.

—Porque sería poco recatado pasear desnuda por la casa —dijo ella untando mantequilla en el pan.

—Pero si estamos solos —dijo él acercándose y acariciándole la mejilla con los nudillos, atreviéndose a mostrar su nueva faceta cariñosa—. Vamos, te desafío a quitártela.

Una sonrisa brotó de los labios de Hira, al tiempo que le llevaba el pan a la boca. Después de un mordisco, Marc la invitó a dar ella otro bocado. Hira obedeció.

—¿Por qué estás de tan buen humor?

—Veamos, hace un rato he disfrutado del sexo más fabuloso con mi mujer y, en vista de que parece no tener objeciones a mi comportamiento de neandertal, tengo ganas de volver a hacerlo y estoy creando una atmósfera excitante. ¿Qué te parece? —dijo él dejando que le diera otro trozo de pan—. Vamos, quítatela.

—Pero… —dijo ella sonriendo y sonrojándose a un tiempo.

—¿Si no nos comportamos libremente entre nosotros, con quién lo haremos? –no solo se refería al sexo. Él nunca había confiado en nadie y deseaba ferozmente confiar en su mujer.

Hira le dio el pan y, mordiéndose el labio, se llevó los dedos a la camisa. Marc no podía perder de vista aquellos elegantes dedos. Desabrochó el primer botón. Marc inspiró profundamente y ella desabrochó el segundo.

–Más deprisa, *cher* –dijo él deseando tomarla en brazos aunque no tanto como para interrumpir el íntimo espectáculo.

–¿Dónde está la diversión entonces? –preguntó ella con expresión risueña.

–¿He dicho yo que tiene que ser divertido para ti? –dijo él dándole un último bocado de pan con mantequilla–. Se trata de gratificación sexual para mí.

–¿De veras? –otro botón que dejó entrever el valle formado por sus dos pechos y el comienzo de un vientre plano y suave–. ¿Y qué pasa si yo también quiero una gratificación?

–La tendrás, después –dijo él terminando el pan y levantándose sin dejar de mirarla.

Hira dejó escapar una risa profunda y muy íntima al tiempo que desabrochaba el último botón. El triángulo oscuro que formaban sus espléndidas piernas eran una invitación a la lujuria y Marc la aceptó de buen grado. Con un ligero movimiento de hombros, Hira hizo caer la prenda.

–Dios santo, eres muy hermosa –dijo acariciándole el vientre. Hira bajó la cara–. No, nada de eso. Tienes un precioso cuerpo, pero ¿sabes lo que te hace perfecta?

Ella sacudió la cabeza lentamente, con una mirada tan cautelosa en los ojos que Marc supo que solo podría amar y respetar a aquella mujer para toda su vida.

–Que adoras mi cuerpo a pesar de las cicatrices, aceptas jugar conmigo a esta hora intempestiva incluso después de haber hecho el amor hace unas horas, y tienes mantequilla de cacahuete en el labio inferior.

Hira levantó la mano, pero él la retiró y limpió con su lengua la mancha. Hira se rio y retrocedió un poco. Metió un dedo en el tarro de la mantequilla y se puso un poco en el labio. Sorprendido, Marc se inclinó y lamió de nuevo el lugar. Entonces, Hira hizo lo mismo, pero sobre sus pezones.

–Está claro que sabes como gratificar a este hombre –dijo él antes de lamer primero el dedo de Hira y después cada uno de los dulces pezones al tiempo que acariciaba su trasero prieto. Cuando levantó la cara, se encontró con el rostro soliviantado de su mujer que le sonreía con toda la voluptuosidad que la caracterizaba.

–¿Todavía tienes hambre? –susurró Hira mientras trazaba con un dedo el contorno de los labios de Marc.

–Un poco –dijo él arrinconándola sobre la encimera. Entonces la levantó y la posó sobre el mármol. Ella abrió las piernas frente a Marc. Entonces, este extendió la mano y tomó el bote de miel, uno de los dulces favoritos de Hira.

–¿Te apetece jugar un poco más? –tentó.

–Esposo, eres malo –dijo ella con expresión complacida–. Me encanta la miel.

–A mí también, *cher*, a mí también –dijo él con total despreocupación. Nunca antes en su vida se había sentido igual. Y poniendo el bote boca abajo, empezó a regar el cuerpo desnudo de Hira.

Esta suspiró cuando notó que Marc empezaba a lamer el líquido ambarino. A los pocos minutos, su cuerpo se estremecía. Marc le acarició los muslos mientras lamía su estómago. Sus músculos se contraían ante las atenciones de su hombre.

Sujetándole el pelo mientras lamía los pliegues de su sexo, empezó a gemir hasta alcanzar el clímax, que retumbó en la cocina. Satisfecho al ver los espasmos de placer que la sacudían, se irguió y la tomó en brazos mientras ella le abrazaba la cintura con sus piernas.

—¿Dónde pretendes tomarme, esposo?

—¿Te importa?

—No. Puedes tomarme donde quieras.

Marc entornó los ojos.

—Lo recordaré la próxima vez que te vea inclinada sobre la mesa de la cocina.

La risa que arrancó a su mujer llenó la noche. Cuando se sentó en una silla, con ella abierta sobre él, Hira deslizó una mano entre sus cuerpos.

—¿Cómo es que siempre estás vestido cuando yo ya estoy desnuda?

—¿Mala sincronización? —dijo él gimiendo al notar cómo Hira metía las manos entre el elástico de los calzoncillos con la intención de quitárselos.

Acariciándolo, se rio de la ocurrencia. En cuestión de minutos, su ropa interior había desaparecido y Hira deslizó su cuerpo húmedo sobre él y empezó a moverse.

Dada la nueva felicidad que sentían estando juntos, el viaje a Zulheil resultó muy diferente de su primer vuelo juntos. Marc llevaba un maletín con documentos, pero ni siquiera se molestó en sacarlos. Estaba demasiado obnubilado con su mujer.

—Eres un hombre magnífico —susurró ella a mitad de vuelo.

–¿A qué viene eso ahora? –dijo él sonrojándose un poco.

–¿Es que una mujer no puede hacer un cumplido a su marido? –dijo ella apoyando la cabeza en su hombro con cariño.

A Marc le atemorizaba pensar que hubiera alcanzado su sueño, pero casi podía imaginar que estaba viendo a la mujer real. Solo un detalle le hacía dudar. La forma en que a veces lo miraba después de un comentario particularmente insolente como esperando una regañina.

Sabía que su reacción se debía a la forma en que su padre la había tratado siempre, viendo cómo humillaba a su madre. No le gustaba, pero podía perdonar una reacción instintiva. Y es que no podía convencerla de que moriría antes de comportarse como lo había hecho su padre. Tenía que llegar ella sola a esa conclusión.

–¿Has visto alguna vez el palacio real por dentro? –preguntó Marc a Hira en su segunda noche en Zulheil mientras trataba de colocarse la pajarita.

–Sí, claro. El palacio está abierto a los ciudadanos, excepto las alas privadas de la familia real –dijo ella ayudándolo–. Pero tú eres uno de los pocos extranjeros a los que se les ha concedido acceso.

Marc era consciente del privilegio y las obligaciones que eso conllevaba. En aquella tierra, costaba ganarse la confianza de uno, pero sería para siempre, a no ser que se le traicionara.

–Impresionante, ¿verdad? –dijo él siguiéndola mientras iba a buscar un finísimo abrigo de seda.

La prenda transparente era de un color metálico que se ceñía bajo el pecho con un alfiler. El resto del abrigo caía libremente hasta el suelo y cuando se abría dejaba a la vista una falda de raso de color plata. Sobre la falda, un cuerpo de manga larga de un rico brocado cubierto de pequeñas perlas cosidas a mano.

–Puede que solo lo diga como hombre, pero me gusta lo que veo –dijo Marc mirándola complacido.

–Es una creación de Jasmine Zamanat –dijo ella, que lo consideraba el hombre más atractivo y masculino del mundo.

Marc entornó los ojos al reconocer el nombre de la mujer del jeque.

–Pequeña bruja. Ganando puestos con palacio, ¿no?

–No nos vendrá mal, aunque tampoco creo que sean tan fáciles de convencer. El caso es que me gustan sus diseños de verdad, así que no me cuesta.

–Estás preciosa. Vamos, princesa. Tardaremos un poco desde Abraz hasta Zulheina. No querrás llegar tarde, ¿verdad?

Aunque era algo informal, la reunión con el jeque era importante. Si las cosas iban bien, Marc podría firmar un contrato con Zulheil para exportar un plástico flexible y duradero que habían descubierto sus científicos.

–Y además de muchas otras ventajas –decía Marc al salir de la limusina frente al palacio–, se puede doblar en pequeños paquetes, de forma que se puede transportar fácilmente y se puede utilizar para fabricar tiendas de campaña, etc.

–Lo que significa que puede tener aplicaciones militares entre otros muchos usos –dijo Hira–. ¿Cómo no se ha exportado antes?

–Con el negocio tan lucrativo que son las piedras preciosas de Zulheil, no lo habían considerado una prioridad, pero el resto del mundo sí podría considerarlo así.

Justo en ese momento, una hermosa mujer de pelo rojizo vestida con un conjunto azul cielo a la manera de Zulheil, salió a recibirlos.

–Bienvenidos –dijo sonriendo y extendiendo las manos hacia Hira–. Estoy encantada de que hayáis podido venir. Oí que tuvisteis que cambiar vuestros planes por el bien de un niño.

–Jasmine al Sheik, es un honor –dijo Hira, un poco abrumada por el cálido recibimiento de la mujer más poderosa del país, aunque era bien sabido que ni el jeque ni su mujer gustaban de la pompa y la ceremonia.

–Llámame Jasmine. Ah… aquí está –dijo ella quitándole importancia y soltando las manos de Hira al ver llegar a su marido. En sus ojos había un amor tan profundo y cálido que casi podía sentirse.

Hira se percató de la manera en que el jeque Tariq ponía una mano en la cadera de su mujer y la manera en que ambos se sonrieron como si compartieran un secreto, antes de hablar.

–La cena está servida y el demonio que se hace pasar por nuestro hijo está profundamente dormido. Bienvenidos a nuestra casa –dijo el jeque estrechando la mano de Marc antes de conducirlos al interior.

Inmediatamente, los hombres cedieron el paso a las mujeres y empezaron a hablar de negocios. Hira se sintió un poco irritada.

–Estás molesta –dijo la mujer que tenía al lado.

–Señora… –Hira miró a Jasmine.

–Llámame Jasmine y no te preocupes. Él también

consigue irritarme a veces –dijo con una amplia sonrisa.

Hira decidió ser sincera con Jasmine.

–No me gusta que me hagan a un lado cuando discuten de temas serios.

–A mí tampoco. Por eso hablaremos de otra idea que he pensado con Tariq.

–¿Otra propuesta? –dijo ella abriendo mucho los ojos.

–Como sabes, a Zulheil le gusta guardar para sí aquello que aprecia. Cuando encontramos a alguien así, tratamos de saber si es alguien valioso. Tariq confía en la integridad y su visión para los negocios.

–¿Y qué hay de mí? –dijo ella, que no quería ser ignorada.

–Hasta esta noche, aunque hemos cerrado algunos acuerdos con Marc, eras algo desconocida. Tariq te conoce por tu familia, pero yo solo te había visto una vez.

–Lo recuerdo. Fue en los jardines después de tu boda –dijo ella.

Jasmine los condujo a un precioso salón decorado formalmente para la ocasión.

–Sí. Mi marido espera que puedas ganarte su respeto. Pero eso es lo mismo que espera de todo el mundo.

Hira asintió. Le parecía justo.

–Pero –continuó Jasmine mirándola con sagacidad–, yo ya he tomado una decisión. No eres ningún trofeo hermoso. Ese marido tuyo no te miraría como lo hace si lo fueras.

–¿Y cómo me mira?

–Con orgullo. Si se parece en algo a los hombres de Zulheil como así parece, es algo bueno –dijo Jasmine sentándose junto a su marido al otro lado de la cómoda mesita baja.

Un poco deslumbrada ante la sagacidad de Jasmine, Hira aceptó el asiento que le ofrecía Marc. No había sirvientes con ellos esa noche porque aquello era una reunión de negocios. Le rozó levemente el hombro antes de sentarse él también.

Le hizo cobrar constancia de la forma en que siempre la tocaba, algo que había hecho desde que averiguó lo del orfanato. Una caricia, un beso y otros muchos actos a los que estaba tan acostumbrada que no se había parado a cuestionar su significado... hasta que había visto cómo el jeque tocaba a su mujer. Entonces se dio cuenta de que para un hombre tan fuerte, mostrar un gesto de afecto abiertamente, solo podía implicar un sentimiento muy profundo.

Sonriendo, se volvió hacia él y le puso la mano en el muslo fuera de la vista de los otros. Él la miró sorprendido, pero entonces le regaló una de sus pausadas y letales sonrisas. Marc bajó la mano y enlazó los dedos con los de ella.

–Empecemos con un brindis –dijo Tariq levantando la copa–. Por una larga y próspera relación.

Todos hicieron entrechocar las copas. La cena se prolongó durante cuatro horas y terminaron en una pequeña salita inclinados sobre varios documentos. Hira pasó rato discutiendo una interesante idea sobre el ojo de tigre con Jasmine. Marc no se preocupó de comprobar lo que estaba haciendo. Su confianza en que sabría defender sus intereses era la mejor manera de cimentar su amor por él.

Capítulo Once

–Estoy exhausto –dijo Marc vestido solo con los pantalones mientras se dejaba caer en la cama–. Pero ha merecido la pena.

Hira asintió. Se había puesto un pequeño camisón con finos tirantes y estaba arrodillada en la cama frente a Marc mientras se cepillaba el pelo.

–Esto podría dar lugar a una relación de negocios muy duradera.

–Es lo que intento –dijo él admirándola–. Me gusta trabajar con Tariq. Tiene integridad y es un tiburón negociando.

–Por eso mismo le gustas a él –dijo ella dejando el cepillo en la mesilla, y girándose a continuación, empezó a desabrochar el cinturón de Marc acariciando de paso su firme abdomen. Bajo sus manos, notaba la fortaleza y la virilidad de su cazador, haciéndola desearlo.

La sonrisa de Marc le dijo que él también tenía una idea de lo que quería hacer con ella esa noche.

Habían acordado pasar el día siguiente con su familia. Hira quería ver a su madre y a sus hermanos, pero no tenía ganas de ver a su padre.

–Es solo un día. Puedes soportarlo –dijo Marc cuando ella lo miró enfurruñada.

Suspirando, salió del coche y esperó a que Marc estuviera a su lado antes de subir las escaleras. Su madre estaba muy contenta de verla. Incluso sus hermanos lo estaban y le dieron la bienvenida con abrazos y pequeños regalos que la emocionaron. Su padre gruñó y estrechó la mano de Marc con una sonrisa. Hira lo dejó con Marc y se fue con su madre, llevando en el bolso los papeles de la cuenta que Marc y ella le habían abierto.

Marc la vio y tuvo sentimientos encontrados. Por un lado, le alegraba verla tan feliz en Zulheil, pero recordó la forma en que la habían obligado casi a casarse. Aunque había sido su padre el que más ímpetu había mostrado, la decisión final había sido suya. Y le dolía saber que por un acto tan decidido e impetuoso, su mujer nunca lo consideraría tierno y amoroso. ¿Cómo podría convencerla de que cuando la vio aquella noche no había sido su belleza la que lo dejó prendado?

No, algo se había apoderado de su alma, la seguridad de que aquella mujer tenía que ser suya. Pero no podía explicárselo, y menos aún cuando a veces había sombras de duda en sus ojos cuando lo miraba.

Su mujer se había adaptado a él, pero necesitaba algo más que cohabitar con ella. La necesitaba en cuerpo y alma. Necesitaba saber que ella también lo necesitaba por sí mismo, todo lo que él era. Para él otra vida ya no era posible. No quería luchar más, no quería volver a su vida solitaria, desconfiando de todo y de todos.

Bastante tarde al día siguiente, Hira trató de preguntarle qué preocupación empañaba sus ojos grises. En el espacio de unas horas, había pasado de las bromas y la risa al más absoluto silencio.

–Nada –se limitó a decir.

Aunque siguió preguntando, Marc solo respondía con monosílabos. Frustrada con su testarudez, optó por salir a disfrutar de un baño, murmurando sobre lo raros que eran todos los hombres, y ese en particular.

Al poco rato, Marc la encontró sentada al borde de una gigantesca bañera cuadrada llena de agua fresca con olor a flores. Cuando levantó la vista, vio la familiar llama del deseo en sus ojos al verla desnuda.

–¿Qué? –preguntó Hira.

–Nada. Tengo que salir.

–Bien –dijo ella mirándolo fijamente.

–¿No te importa adónde voy? –dijo él con tono desesperado, los ojos ensombrecidos por algo.

Pero ella quería golpearlo, no reconfortarlo. Dejando escapar un grito frustrado, le lanzó la esponja.

–¿Por qué debería preocuparme por un marido que se vuelve frío conmigo cuando no he hecho nada? ¡Tú y tus cambios de humor podéis iros al infierno!

Entonces se acercó a ella con toda su arrogancia masculina y una sombra en sus ojos que Hira no pudo discernir. Hira se mantuvo en su sitio aunque le resultaba difícil siendo objeto de la mirada de Marc. Estaba tan cerca que podía tocarla.

–Acabas de mandarme al infierno –dijo él sosteniéndole la mirada y dejando caer la esponja en el agua.

–¿Qué te sorprende? Después de la forma en que te has comportado todo el día, tengo todo el derecho.

Para su sorpresa, Marc se quitó los zapatos y se sentó a su lado. Metió en el agua una pierna aunque estaba vestido con vaqueros y la otra la dejó fuera.

–Ya no tienes esa mirada en los ojos –murmuró mientras jugaba con un mechón de su cabello.

–¿Qué mirada? –preguntó ella quitándole la mano–. No se te ocurra hacerme olvidar diciéndome lo guapa que soy. Quiero disfrutar de mi baño sin mi malhumorado marido –dijo ella dándole la espalda, y tomando agua con las manos se la echó por los muslos.

Si quería mirar, no le importaba. Se negaba a darse prisa por mucho que su cuerpo reaccionara a la presencia de su marido como el fuego y la pólvora. Podía contenerse. No cedería a la tentación de desnudarle y besarle. Pero ¿por qué seguía allí sentado?

–¿No quieres saber por qué me he comportado como lo he hecho? –preguntó finalmente Marc tomando agua en las manos y echándosela por los muslos.

Ella se irguió mostrándose digna a pesar del escalofrío que le había provocado, y tuvo que apretar mucho las piernas para tratar de apaciguar el deseo que se había despertado entre sus piernas. Pero solo se intensificó.

–No sé qué es lo que he hecho, pero está claro que algo malo. Lo único que quieres es reinstaurar tus derechos sobre mí mostrándome tu lado más frío. ¡Y no permitiré que me trates así!

Entonces, su cazador hizo algo que nunca habría esperado. Apoyó ambas manos en sus hombros y la atrajo hacia sí antes de besar sus labios entreabiertos.

–¡Al diablo mis derechos! –dijo él con una necesidad en sus ojos que iba más allá del deseo físico. Hira creyó ver la profundidad de su alma en el fondo de sus ojos siempre cautos.

–La razón por la que me he comportado como un oso herido es porque adoro el suelo que pisas. Estar aquí me recuerda demasiado cómo comenzó nuestro matrimonio, cómo maté toda esperanza de amor que pudiera haber entre nosotros con la manera en que solicité tu mano sin cortejarte antes. Te quiero, princesa, y no puedo soportar que nunca puedas amarme igual –dijo besándola de nuevo. Hira notó que aquel beso marcaba a fuego su corazón.

–El amor no basta para describir lo que siento por ti. Es una emoción que me recorre como un fuego; es una pasión que me deslumbra cuando me sonríes, pero también es ternura que no sabía que existía –añadió.

Hira se había quedado sin habla. Su orgulloso e inflexible marido tenía que saber que al hacer aquella declaración de sus sentimientos hacia ella le estaba dando un arma contra él, y estaba segura de que nunca le habría dado algo así si solo la considerara una belleza mercenaria como Lydia.

–Adoro tu sonrisa, y sí, adoro tu rostro. ¿Cómo podría no hacerlo cuando adoro a la mujer que eres? Adoro la forma en que tratas a los chicos y les haces sentir como si pudieran ganar tu mano si tuvieran edad suficiente. Adoro lo generosa que eres con tu cuerpo y con tu afecto. Adoro la forma en que tratas de querer la tierra pantanosa solo porque yo la quiero. Te adoro a ti, y he tenido que luchar por ocultar lo que siento.

Era la primera vez que veía la intensidad de los sentimientos de su marido. Temblando, le acarició la mejilla y se acercó a él.

–Marc, esposo, no… –no pudo continuar.

–Calla. Lo sé –había algo sombrío en su mirada. Él le había dado su corazón sin esperar recibir lo mismo a cambio. Algo así tenía que haberle resultado difícil a un hombre que nunca había sido amado. Debía de haber requerido mucho valor y mucho amor.

–¿Sabes que mi padre nunca le ha dicho a mi madre cuánto la necesita a pesar de no saber hacer muchas cosas sin ella?

–Yo te necesito más de lo que nunca podrás imaginar –dijo él aceptándolo abiertamente, abriendo una ventana más en su orgulloso corazón.

Su cazador tenía unos sentimientos mucho más profundos de lo que habría imaginado cuando se casaron. Dejó caer la mano y, acercándose más a él, comenzó a desabrocharle la camisa.

–¿Y qué me dices cuando sea vieja y tenga arrugas y estrías después de haber dado a luz?

–Quiero envejecer contigo. Quiero que tu cuerpo cambie por el nacimiento de nuestros hijos. Imagino una vida de cambios contigo, *cher*. Una vida para aprender cosas del otro –dijo él. Sus ojos se habían vuelto plata líquida, pero aún quedaba alguna sombra, los últimos retazos de la vulnerabilidad del niño golpeado–. ¿Qué diversión puede haber en ser siempre igual?

Hira terminó de desabrocharle la camisa y comenzó a desabrocharle el cinturón, pero Marc la detuvo.

–No, cariño. No tienes que… darme nada. Mi amor es desinteresado y lo será siempre.

Fue su ternura lo que hizo que cualquier duda que Hira pudiera haber albergado se desplomara. Pareció cauteloso, preocupado por que ella quisiera hacer algo por obligación, preocupado por ella cuando había sido él quien se había arriesgado a desnudar su alma.

Tragando con dificultad, levantó la cabeza y miró sus ojos grises.

–Marc, esposo, una vez te dije que podía mentir muy bien.

–Prefiero afecto sincero que una promesa de amor fingido –dijo él malinterpretando sus palabras.

–No, quiero decir que una vez te mentí. No era mi intención, pero salió así.

Entonces había sentido miedo, pánico en realidad, y había sido la única forma que se le ocurrió para mantener la distancia.

–Vaya –dijo él mirándola con dureza.

–Te dije que no te habría elegido si se me hubiera dado la oportunidad. Te dije que la única razón por la que me había casado contigo era que no tenía manera de negarme a las exigencias de mi padre.

–Sí –dijo él. Había intentado reponerse a la declaración, pero no había sido capaz. Su alma de niño maltratado seguía torturándolo. Nadie elegiría libremente amarlo. Él, que estaba locamente enamorado de su mujer. Pero nunca dejaría que lo supiera.

–¿Sabías que mi padre recibía peticiones de mano para mí cada semana? –dijo ella.

Marc la miró inquisitivamente.

–Marir fue uno de ellos. Podría haber elegido a cualquiera porque todos tenían negocios con mi padre y todos le agradaban. Y, sobre todo, todos tenían impecables lazos familiares –hablaba muy rápido, como si no quisiera que la interrumpieran, pero él no la dejó.

–¿Te habría dejado Kerim?

–Oh, sí, porque ser una esposa reticente para ti o para cualquier otro habría puesto en peligro su negocio. Era mucho mejor dejarme elegir aunque eso significara casarme con alguien menos influyente. Cuando me ordenó que me casara contigo, me dije que no le planté cara porque estaba aún dolida por el rechazo de Romaz a pesar de que hacía muchos meses de eso. Había recibido ocho peticiones desde entonces. Una de un príncipe de un país vecino, otra de un millonario británico considerado un soltero de oro.

–¿Ocho? –dijo él con calma a pesar de la furia que rugía en su interior.

Ella asintió y lo miró con culpabilidad.

–No tuve ningún problema en rechazarlos a todos después de la presentación, a pesar de que mi padre me estaba volviendo loca con sus exigencias para que aceptara. Me amenazaba con echarme a la calle. Marir fue un intento más de asustarme cuando rechacé a todos los demás. Nunca me habría malgastado con un viejo y lascivo amigo. No te enfades conmigo –jugueteaba con el botón de sus vaqueros mientras hablaba. Sus ojos quedaban ocultos tras las pestañas, pero Marc sabía que miraba de vez en cuando para comprobar cómo se estaba tomando la declaración.

–Me hiciste creer que era el mejor de todos los que te presentaron –dijo él con tono desenfadado, el corazón alegre al entender por fin que su orgullosa mujer estaba confesando.

Había preferido al hombre lleno de marcas entre todos los hombres que habían pedido su mano.

Al levantar la vista vio cómo lo miraba y finalmente sonreía al notar que no estaba enfadado.

–Lo eras. Todos eran malos menos tú. Entonces te vi y, de pronto, supe que no podía resistirme. No podía seguir luchando contra mi padre, no me quedaban ganas, todo desapareció en el momento que me sonreíste. Eras el mejor. Comparado con cualquiera. Así que ya ves, te quise como marido. Solo a ti.

Al ver que no respondía, Hira siguió preguntando:

–¿Es que no lo entiendes? Eres el amor que he estado esperando toda mi vida, aunque me costó un poco reconocerte al principio. Ya ves, no esperaba que fueras tan masculino –dijo ella con expresión risueña.

Marc la besó, pero Hira quería seguir hablando.

–Mis sentimientos hacia ti son muy profundos, no sé si puedo expresarlo con palabras. En Zulheil hay un dicho: *Ul al eha makhin. Makhin al eha ul. Lael gha al aishann.*

–¿Qué significa?

–«Tú me perteneces. Yo te pertenezco. Juntos formamos un solo ser» –dijo con voz temblorosa.

–Princesa, te prometo que eso no cambiará. Nunca.

–Hasta que llegaste, no sabía lo que era tenerlo todo –dijo ella con los ojos húmedos–. Y ese amor no dejará de crecer día a día.

Inclinándose hacia ella, selló el pacto con un beso. Cuando Hira suspiró y sus labios se derritieron al contacto con los de él, Marc le acarició los hombros.

–No has terminado de bañarte.

–Umm –dijo ella sonriéndole seductoramente y, escurriéndose, se metió en el agua y lo llamó con un gesto de su dedo.

Sonriendo, Marc se levantó y empezó a desabrocharse los pantalones. Había mucho sitio en el baño de mármol para aquel antiguo ladrón locamente enamorado. Era agradable sentir el agua fría en el calor del desierto, aunque lo más agradable era ver cómo lo miraba su belleza del desierto, su dueña de los ojos atigrados.

Sin dejar de mirarla a los ojos, se quitó los pantalones y los calzoncillos a la vez. Hira tragó con dificultad por la expectación que creaba en ella. Bajo el agua, Hira tenía las piernas muy juntas, la piel ruborizada por un ardor que no había estado presente unos minutos antes, los labios entreabiertos, esperándolo.

Marc entró en la bañera consciente de que Hira miraba su miembro erecto. Estaba muy excitado y muy orgulloso. Ningún hombre la había hecho sentir así y ninguno lo haría. Por su mente vagaban montones de cosas que podían hacer en aquella calurosa tarde, pero empezó por besarla. Un beso correspondido por la mujer que tanto lo amaba.

–Marc. Esposo mío.

Marc intentó besarla de nuevo, pero ella se escapó juguetona y se refugió en un rincón.

–Princesa, ven aquí.

–¿Por qué me llamas así? –dejándose atrapar.

–Al principio fue porque me volvías loco con tu frialdad.

–¿Y ahora?

–Ahora me siento como el héroe de un cuento de hadas que logró salvar a la chica –dijo él acariciándola–. Vencí al dragón y gané a la princesa.

En ese momento, tomándola por la cintura, la aupó hasta dejarla sentada sobre el borde de la bañera. Enfrente, Marc le abrió las piernas. Tremendamente excitada, dejó que le acariciara los pliegues de su feminidad mientras ella le acariciaba la cabeza.

–Esposo, ¿por qué haces esto?

–Cariño, sabes que me encanta tu sabor –dijo él riéndose. Entonces se acercó un poco más y tiró de ella hacia sí hasta que estuvo apoyada en sus hombros.

–Pero tú quieres estar dentro de mí. No es esto lo que quieres.

–*Cher*, te queda mucho por aprender de tu marido. Pero no te preocupes, tengo toda una vida para enseñarte –dijo con una sonrisa que la hizo arder.

–Lección número uno: lo que quiero es que grites cuando te tome.

Ese fue el único aviso que le dio antes de acercar la cara a su sexo. Hira se estremeció y trató de no perder el control, pero fue inútil. En pocos minutos, se agarraba al pelo de Marc, gimiendo de deseo y pidiéndole que no parara. Él le dio más, tomó más, pidió más. Y al final le arrancó un grito de puro placer.

Cuando por fin la dejó bajar, el agua la cubrió en un fresco abrazo que calmó su piel sensibilizada aunque no pudo hacer nada por contener las burbujas de su interior. Enrolló las piernas en su cintura y, con un suspiro de alivio, se abrió a él, sosteniéndole en todo momento la mirada.

Su cazador estadounidense la tomó y ella se dejó tomar. Era demasiado tarde para luchar porque, al fin, sabía que era territorio conquistado, que estaría marcada para siempre por aquel hombre.

–Las personas cuidan con tesón aquello con lo que sueñan –le susurró Marc al oído mientras se dejaban absorber por una espiral de deseo–. Deja que yo te cuide el resto de mi vida.

Era lo más romántico que le habían dicho nunca. En contra de sus propias creencias, su cazador sabía exactamente qué palabras regalarle a su mujer.

–Nos cuidaremos el uno al otro –consiguió decir abrazándose con fuerza a su príncipe.

Deseo™

Íntima seducción

BRENDA JACKSON

Ninguna mujer había dejado plantado a Zane Westmoreland... excepto Channing Hastings, que lo había abandonado dos años atrás, dejando totalmente trastornado al criador de caballos.

Y, ahora, Channing había vuelto a Denver comprometida con otro hombre. Pero Zane estaba dispuesto a demostrarle que para ella no existía más hombre que él.

Hay amores imposibles de romper

¡YA EN TU PUNTO DE VENTA!

Acepte 2 de nuestras mejores novelas de amor GRATIS

¡Y reciba un regalo sorpresa!

Oferta especial de tiempo limitado

Rellene el cupón y envíelo a
Harlequin Reader Service®
3010 Walden Ave.
P.O. Box 1867
Buffalo, N.Y. 14240-1867

¡Sí! Por favor, envíenme 2 novelas de amor de Harlequin (1 Bianca® y 1 Deseo®) gratis, más el regalo sorpresa. Luego remítanme 4 novelas nuevas todos los meses, las cuales recibiré mucho antes de que aparezcan en librerías, y factúrenme al bajo precio de $3,24 cada una, más el $0,25 por envío e impuesto de ventas, si corresponde*. Este es el precio total, y es un ahorro de casi el 20% sobre el precio de portada. !Una oferta excelente! Entiendo que el hecho de aceptar estos libros y el regalo no me obliga en forma alguna a la compra de libros adicionales. Y también que puedo devolver cualquier envío y cancelar en cualquier momento. Aún si decido no comprar ningún otro libro de Harlequin, los 2 libros gratis y el regalo sorpresa son míos para siempre.

416 LBN DU7N

Nombre y apellido	(Por favor, letra de molde)

Dirección	Apartamento No.

Ciudad	Estado	Zona postal

Esta oferta se limita a un pedido por hogar y no está disponible para los subscriptores actuales de Deseo® y Bianca®.
*Los términos y precios quedan sujetos a cambios sin aviso previo.
Impuestos de ventas aplican en N.Y.

SPN-03

La culpa le impedía lanzarse a los brazos de la pasión…

Lo último que Eliza Lincoln se esperaba era encontrarse a Leo Valente en su puerta. Cuatro años antes, había vivido con él una tórrida aventura, hasta que se vio obligada a confesarle que estaba comprometida…
Pero Leo no había ido a buscarla para reanudar el idilio, sino a proponerle que fuese la niñera de su hija pequeña, ciega y huérfana de madre. Y aunque Eliza no podía rechazar su proposición, temía que el innegable deseo que ardía entre ellos volviera a consumirla. Sobre todo porque en aquella ocasión había mucho más en juego…

Atrapada por la culpa

Melanie Milburne

La noche en la que empezó todo

ANNA CLEARY

Shari Lacey nunca había sido el tipo de chica que mantenía aventuras de una noche... hasta que conoció al francés Luc Valentin. Unas horas en sus brazos cambiaron su vida para siempre, en muchos sentidos.

Luc creía que no iba a volver a ver a la tozuda australiana nunca más y, cuando ella se presentó en París para visitarlo, creyó que podrían seguir donde lo habían dejado... ¡en el dormitorio! Sin embargo, la única noche que habían pasado juntos había desencadenado una cascada de sucesos que los ataría para siempre...

El deseo tiene sus consecuencias...

[9]

¡YA EN TU PUNTO DE VENTA!